El llanto de los pájaros

el paseo | narrativa

Isabel Álvarez

El llanto de los pájaros

XXIX Premio de Novela Universidad de Sevilla

el paseo, 2024

Esta novela, *El llanto de los pájaros*, de Isabel Álvarez, resultó ganadora del XXIX CERTAMEN DE LETRAS HISPÁNICAS DE LA UNIVERSIDAD DE SEVILLA «RAFAEL DE CÓZAR» (AÑO 2022/2023), en la modalidad de NOVELA, tras deliberación celebrada el día 20 de noviembre de 2023, en la sede del Centro de Iniciativas Culturales de la Universidad de Sevilla (CICUS), por un jurado presidido por Luis Méndez Rodríguez, director general de Cultura y Patrimonio de la US, y formado por Eva Díaz Pérez, Ignacio F. Garmendia, Verónica Pacheco y David González Romero (en representación de El Paseo editorial).

www.elpaseoeditorial.com

1.ª edición: abril de 2024

Diseño y preimpresión: EL PASEO EDITORIAL
Cubiertas: Jesús Alés (www.sputnix.es)
Corrección: Alejandro Gago
Impresión y encuadernación: Gráficas La Paz

I.S.B.N. 978-84-19188-44-1
DEPÓSITO LEGAL: SE-1358-2024
CÓDIGO THEMA: FBA

Impreso en España.

Contenido

A Susana,
compañera de viaje
desde el inicio,
aunque por rutas distintas

1. Matías

El cementerio era un lugar tenue, frágil, apenas treinta tumbas escondidas entre matojos de hierba alta que crecían al amparo de una nube gorda, una nube como panza de embarazada, que colgaba de la falda de la montaña y, de tanto en tanto, paría goterones gruesos que repicaban sobre las losas de piedra.

Todos los entierros eran distintos. Los había breves, apenas unos pocos deudos enlutados y, al frente del cortejo, una mujer seca, encogida, que clavaba los ojos enrojecidos en la losa que se cerraba sobre el sudario; normalmente, la madre. Esas tumbas resistían frente a la vegetación circundante, gracias al cuidado constante de manos delgadas, cada vez más envejecidas y sarmentosas, que mantenían a raya la hierba sin dejarla enseñorearse de la lápida, sobre la que nunca faltaban ramos de flores vivas, flores silvestres reunidas con mimo de florista, ramos con tallos encajados en una esponja embutida en un tiesto blanco de cerámica, aprovechado una y otra vez en un renacimiento de pétalos de colores.

Otros entierros pasaban sin pena ni gloria, las tumbas ignoradas tras el responso apresurado del cura, al que retiraban de prisa en un taxi: «Por aquí, padre, ahora iremos a tomar un chocolatito», y el infeliz del muerto se quedaba olvidado, a merced de la hierba alta y de la lluvia próxima.

También había entierros que parecían una feria, una concurrencia sin fin de carros, coches y coronas. Esos muertos, pobrecitos, solían ser luego los más abandonados. Una vez que el paso de los días secaba las flores y el viento arrancaba las leyendas de los lazos —«Tus hijos no te olvidan»—, los esqueletos de las coronas quedaban enhiestos como espantapájaros inútiles, relegados en el camposanto de la indiferencia.

¿Te acuerdas, Julio, cuando, escondidos, acechábamos las comitivas fúnebres, los ojos asomando por encima de la tapia de piedra? Entonces tú me preguntabas: «¿Quién era este, dime, lo conocíamos? ¿Nos toca algo este muerto, Matías?». Y yo negaba con la cabeza, porque nuestros muertos estaban todos caducados, Julio; y ya solo quedábamos tú y yo, fantasmas eternos en territorio enemigo.

A veces, Julio saltaba la tapia del cementerio. Es un decir, porque las piernas de Julio no le permitían saltar. Se me acercaba para que lo cogiese por las axilas y yo lo levantaba en vilo hasta plantarle el culo sobre el reborde de piedra desde el que él se dejaba resbalar, la espalda contra el muro, para aterrizar como podía al otro lado. De goma parecía. Pegaba unos batacazos que le levantaban la piel de las rodillas por debajo del pantalón, pero no se quejaba. Por la noche, costaba quitarle la prenda, porque la sangre reseca había formado sobre la piel unas postillas rojizas que se quedaban adheridas a la tela.

Saltada la tapia, Julio avanzaba como podía por las veredas abiertas entre las lápidas sobre sus piernecillas cortas y gruesas, la cabeza bamboleante como un globo, un tentetieso con patas. Le gustaban las tumbas que albergaban a alguien vivo; vivo porque aún quedaba quien se acordase de él. En ellas se detenía, cogía una flor, casi siempre roja, y corría —otro decir— de vuelta, sobre las piernas enanas.

Luego, llevábamos la flor a la habitación secreta. En el prado del Cabrito, en el hueco aledaño al vado sobre el regato, donde hay tres enormes piedras que, de pie, forman corro y sirven de escondite y abrigo de vientos airados y miradas esquivas. Julio estaba convencido de que allí era donde madre estaba enterrada, para qué sacarlo de su error, y posaba con unción la flor roja sobre la hierba fresca salpicada de meneítos blancos. Según la lógica de Julio, madre en realidad no estaba muerta, porque seguíamos teniéndola presente cada día, aunque yo cada vez me acordara un poco menos de sus manos, de su regazo, y solo me quedase vivo, nítido y claro como el agua del regato, el recuerdo de sus alaridos la noche en que se la llevaron, agitando los brazos y las piernas, un remolino desatinado de brazos y piernas proyectado en forma de sombras por la luz del candil. Brazos y piernas oscuros, amenazantes en su contorsión furiosa y agitada.

El pueblo estaba recogido, como recostado sobre una loma rematada por un promontorio de piedra que colgaba sobre una hoz tallada, milenios atrás, por un río antaño poderoso. Comenzaba en la base de la ladera, donde se acomodaban las primeras casas habitadas por rostros terrosos. El arrabal lucía calles estrechas y no muy limpias; calles sin árboles o, a lo menos, con árboles escasos de tronco raquítico, maltratados por los juegos y las patadas de los niños. Troncos que no daban ni para que las parejas grabasen un corazón con unas iniciales dentro. Por las aceras corría la porquería, mezclados los excrementos de los animales con el agua sucia de los cubos que arrojaban las mujeres una vez terminado, en el interior de patios y casas, un simulacro, casi siempre infructuoso, de limpieza.

En el arrabal se hospedaba la miseria. Luego, más hacia el centro, cercana ya la quebrada, el pueblo se ampliaba, se embellecía, con casas blanqueadas y plazas que se abrían hasta llegar a la alameda, con sus dos hileras de jacarandas de las que colgaban flores moradas y azules. La alameda tenía una balconada paralela al borde del peñasco, que se asomaba al desfiladero. En las casas circundantes, las rejas de los balcones se camuflaban entre tiestos de geranios y los patios se engalanaban con arbustos de jazmín y con árboles frutales de los que colgaban naranjas, limones y nísperos. Las mujerucas del arrabal, con su ropa oscura, sus moños apretados y sus alpargatas de tela, daban paso a mujeres en traje de paseo con las ondas del cabello marcadas bajo capas de laca.

La mayoría de los vecinos nacía y moría en el pueblo, sin haber conocido qué había más allá. El exterior se percibía como territorio lejano y ajeno; hostil y, al mismo tiempo, innecesario. Era una suerte de trueque en que nosotros renegábamos del mundo y este, a cambio, nos ignoraba.

Había dos plazas, la Alta y la Baja. La Alta era apenas una plazuela, asimétrica, encaramada en lo alto del cerro del que reproducía sus contornos. En el centro, una capillita, en torno a la cual se arracimaban las casas más antiguas; casas que, en ocasiones, aprovechaban para cimentarse la propia roca que asomaba, aquí y allá, en forma de tolondrones de piedra que parecían excrementos de gigante y que invadían las aceras. Más de uno habría tropezado con ellos, si no hubiera sido porque todos conocían al dedillo la forma y situación de cada uno, de tal manera que no precisaban verlos para sortearlos. Los tolondrones se encalaban para disimularlos, para que pareciese que formaban parte de la fachada, pero no; asomaban impertérritos y eran lo primero en desconcharse de la casa. Con el roce del paso, se levantaban las láminas de cal, abriendo una especie de cráteres en la pintura que deslucían el blanco de las viviendas. Por poco tiempo, porque en el pueblo se acostumbraba a encalar cada verano.

Aquellas casas viejas del cerro se ladeaban a veces, perdían la vertical, como borrachos que se apoyasen un momento para no caerse y, sin darse cuenta, se quedasen dormidos de pie. Nunca llegó a desplomarse ninguna, que se sepa, pero más de una llegó a combarse de tal manera que parecía que estuviese amenazando a la colindante con caérsele encima.

Alrededor de la plaza Alta, las calles bajaban estrechas y empinadas, enroscándose unas sobre otras como concha de caracol. Había casas que contaban con un pequeño corral o con un huerto. Las más modestas, que no disfrutaban de ese desahogo, tendían una cuerda de un lado a otro de la fachada para colgar la ropa y secarla al sol. O se concertaban con el vecino de la acera de enfrente, y tendían la cuerda directamente de lado a lado de la calle. Los días de colada, las cuerdas vomitaban la intimidad de sus propietarios y exhibían calzones destartalados, camisas descosidas y pantalones agujereados que se recogían a la bulla, no bien terminados de secar, para esconder la escasez y las vergüenzas.

Más abajo del cerro, las calles se allanaban y ensanchaban, al tiempo que las casas perdían personalidad y se alineaban formando rectángulos de una sola planta con ventanucos minúsculos. Casas oscuras construidas a trompicones, con pocos medios, en una zona donde abundaba la piedra y escaseaba el vidrio, que desembocaban en una plaza que se llamaba de la Iglesia, pero que todos conocíamos por plaza Baja. La iglesia fue construida siglos atrás con piedra traída de la sierra, y ahí debajo debía seguir la piedra, pero tantos años de enlucir fachadas la habían borrado y ocultado tan a conciencia que nadie habría sospechado de su existencia bajo las innumerables capas de cal. Los muros del templo lucían lisos y blancos, como si quisieran simbolizar la pureza de la Virgen del Refugio, la patrona del pueblo, cuya imagen custodiaba, celoso, el cura. Solo se sacaba en procesión el día grande de las Fiestas Mayores, en que salía, temprano en la mañana, a recorrer las calles que la separaban de la capillita de la plaza Alta, donde quedaba expuesta para que le llevasen flores y exvotos. Y, al atardecer, de vuelta a la iglesia.

En aquella plaza, formando ángulo con la iglesia, estaba la casa parroquial, donde vivía don Eutimio, reconocible por su perfil recortado en la ventana y el aroma a tabaco que se entremetía por las grietas de los adoquines y ganaba la plaza entera. Enfrente de la iglesia, había un edificio modesto, de dos plantas, con paredes abombadas y un gran balcón con un mástil en el que ondeaba una bandera, coronada toda la edificación por un letrero pomposo: «Casas Consistoriales», como si la utilización del plural le prestase más categoría; pero no eran varias, sino una sola la Casa Consistorial y, además, no muy lucida. La plaza la cerraban, en un lateral, el taller de doña Pura y, en el otro, el mercado con sus puestos de frutas y verduras. La tierra se rendía, generosa y fértil, alrededor del pueblo. Las hortalizas crecían sin necesidad de mucha agua; se criaban casi solas. Cada día, montones de basura se acumulaban a las puertas del mercado.

Solo yo sabía que el pueblo estaba maldito.

Del pueblo salían dos carriles de albero: uno que bordeaba el desfiladero y otro que llevaba al cementerio. El tercero, el que conducía a la estación donde hacía años que ningún tren paraba, se hundió un invierno de lluvias desatadas, a la altura de la Revuelta del Roble y, dado su escaso uso, nadie se molestó en rellenar el socavón. Senderos había muchos. Salían y llegaban hasta al pueblo a docenas, serpenteando entre la hierba y la roca. Para el que los conocía y los sabía utilizar, conducían a todos los lugares. También había una carretera, asfaltada, que nacía junto a la entrada del cementerio, y se suponía que unía el pueblo con el mundo, pero pocos la utilizaban.

Nuestra choza quedaba fuera, a varios kilómetros del pueblo. Había que cruzar el prado del Cabrito, lindante con la trasera del camposanto, y adentrarse por una vereda que subía y bajaba a lo largo de un bosquecillo de pinos, rota la monotonía del verde de las copas y el marrón de la corteza por algunos lilos que ponían una nota de color brillante. Acabado el bosquecillo, la vereda moría. Comenzaba el bosque, con los troncos añosos de hayas de crestas frondosas que tamizaban el paso de la luz. Allí principiaba el país de los desterrados, donde vivíamos con madre y el bebé. Pero, después de lo que pasó, ya solo quedábamos Julio y yo.

Cuando estábamos todos, nos apiñábamos él y yo en la misma yacija, uno con los pies para un lado y el otro para el contrario. El hacinamiento compartido no me dificultaba el sueño, aunque a Julio le oliesen los pies. Era la única manera de acomodarnos, por el tamaño de la cabeza de Julio, aunque en esos días aún no le hubiese crecido hasta las proporciones extremas que tomó después. Madre dormía en el otro jergón.

De vez en cuando, siempre a la noche, aparecía delante de la choza algún hombre del pueblo y madre nos hacía salir. Si hacía frío, nos daba una manta para que nos arrebujásemos bajo un castaño cercano que parecía puesto a propósito, las raíces salientes cubiertas bajo un manto de helecho. Era un castaño huérfano que se obstinaba en resistir entre las hayas, lo bastante alejado de la choza para que no oyésemos lo que sucedía en el interior. Julio se dejaba caer sobre los helechos, apoyaba la cabeza sobre el tronco del árbol y no tardaba en quedarse dormido. Dormía o hacía como que dormía. Algunas veces, apiñados bajo el castaño, el bebé lloraba en mis brazos y me estrujaba el pecho con sus manitas inquietas, la boquita entreabierta, olisqueándome la pechera. Yo le metía el pulgar en la boca y lo dejaba que chupara, hasta que se cansaba y le vencía el sueño, o hasta que descubría el engaño y reanudaba el llanto. Pero, para entonces, ya el visitante nocturno estaba saliendo, dejando la puerta de la choza abierta a la luz del candil, que proyectaba hacia fuera una tenue claridad. No sé por qué, pero nunca cerraban la puerta al salir.

Yo veía al hombre alejarse, las más de las veces con andares de borracho y, tan pronto como se lo tragaba la oscuridad, contaba hasta cien, despertaba a Julio y regresábamos al interior la choza, más caldeada y húmeda que antes de que saliéramos. Es lo que tienen los lugares pequeños.

La choza no era más que una habitación rectangular. Grande no era. Cuando solo quedamos Julio y yo, nos bastaba. Antes sí se quedaba pequeña, cuando éramos cuatro y nos apretábamos junto al fogón de leña en las tardes de invierno, huyendo del soplo helado que se colaba por entre las rendijas de los tablones. La choza era muy fría en invierno, y a madre se le crispaba el rostro cuando oía toser al bebé.

Olía raro en la choza. El olor a resina quemada que escapaba del fogón se mezclaba con el de la humedad, que rezumaba y tapizaba de un moho verde los tablones de las paredes, y con el de la bosta prensada mezclada con tierra del piso, formando una capa de mierda añeja que había perdido con el tiempo la peste propia del estiércol, pero no dejaba de tener un aroma peculiar. Ni desagradable ni lo contrario. Era un olor que ya habíamos hecho nuestro.

El fogón estaba incrustado en la pared del fondo. De detrás de la plancha de hierro salía un tubo metálico, negro, que subía adosado a la pared y se perdía hacia el exterior por un boquete abierto en el techo. Fue Roberto quien recortó el hueco en las tablas del techo y se ve que no era muy curioso trabajando la madera, porque el tubo no encajaba con limpieza, sino que quedaban aberturas por las que, cuando llovía, entraba el agua.

Gotas que repiqueteaban al salpicar sobre la plancha de hierro y que, convertidas en regueros cuando arreciaba, apagaban el fuego que latía bajo ella. Después de que Roberto, él también, se fuera, embutí unos trapos viejos en los huecos. Al principio, pareció que aguantaban, pero el primer aguacero fuerte terminó por empaparlos, obligándonos a arrebujarnos bajo las mantas para intentar no mojarnos con las salpicaduras, mientras oíamos el tintineo de las gotas.

Disponíamos de una mesa alargada, colocada en el centro, que cobijaba cuatro taburetes bajo sus patas. Ese era todo nuestro caudal: la mesa, los taburetes y los dos jergones enrollados durante el día en un rincón. Antes, desplegábamos los jergones al caer la tarde junto a cada una de las dos paredes laterales, a ambos lados de la mesa, pero, desde la noche en que se llevaron a madre, ya no volvimos a utilizar la pared de la izquierda, ni a acercarnos a ella ni a mirar siquiera. Entrené los ojos para que, ni por descuido, descansaran en ese tabique y así me evitaba ver las manchas.

—Deberías de ayudar en misa —me decía la Pepa a la noche, cuando nos dejaba rebañar la costra que se había quedado pegada al fondo del caldero, la sala vacía, una vez cerrada la taberna.

Era buena, la Pepa. No apuraba los fondos del perol cuando servía a la clientela, sino que, acordándose de nosotros, daba el guiso por amortizado cuando aún quedaban, abajo, un par de cucharones de caldo y algunos trozos de patata. De carne no, eso hubiera sido pedir demasiado, porque el marido le llevaba las cuentas tasadas y no se lo habría permitido. Yo, a veces, me preguntaba para qué querría el Juanito tanto ganar y guardar si no tenían hijos, igual quería llevarse los cuartos a la tumba. Pero, incluso cuando el guiso no había dado más de sí, la Pepa siempre se las arreglaba para deslizarnos a escondidas un mendrugo de pan entre la manga y la mano, y nos dejaba sentarnos junto al calor del fogón a dar cuenta de las sobras.

El Juanito hacía como que no estábamos. Apenas cerraba las puertas de la taberna, hacía un lavado somero de los vasos y se recostaba en una silla, cerca del fuego, a dormitar hasta que la Pepa lo sacudía y lo enviaba escaleras arriba. Con el marido ya acostado, ella recogía la porquería que habían dejado por medio los parroquianos y limpiaba el salón de la taberna de arriba abajo, para que a la mañana siguiente volvieran a ensuciárselo.

Era una mujer de brazos arremangados y cara sumida, que apretaba los labios mientras restregaba el estropajo por el piso y lo dejaba bien escamondado. Luego, limpiaba la cocina y la aprestaba para el trajín del día siguiente. A veces, dormido aún en la silla, el Juanito abría un ojo y lo clavaba en nosotros. Se notaba que le molestaba el vernos masticar, pero antes de que abriese la boca para protestar, la Pepa le soltaba:

—Chitón. Déjalos, que no hacen daño a nadie. —Y el marido callaba y regresaba al sueño.

Los domingos, a la hora del almuerzo, el cura sacaba a la calle de delante de la casa parroquial una olla grande, una olla de lata descomunal con el fondo desconchado y renegrido, que había que calzar para que no se balancease sobre la acera. El ama, una vieja desgreñada que se habría asemejado a una bruja si no hubiera sido por los ojillos benevolentes —unos ojillos redondos y plácidos, de perro afectuoso, que no le concordaban con lo desabrido de la cara—, aprestaba unos cuencos encajados los unos en los otros que formaban pila junto al caldero y, con un cucharón, los iba llenando con precisión de equilibrista, ni una gota derramaba, y se los iba alargando a la concurrencia, que hacía cola desde varias horas antes. Algunos aseados, con la mirada baja del que no ha perdido aún una sombra de dignidad; otros, andrajosos, dejaban escapar un tufo infame y exhibían los pocos dientes que les salpicaban las encías en una sonrisa humillada y agradecida.

Antes de la guerra, había pocos pobres en el pueblo. Quien más, quien menos, tenía un pasar: un cuadradito de huerto, un cochino que engordar, o una tiendita, pequeña y estrecha, pero suficiente para ganarse la vida. Después de la guerra, no. La guerra dejó los campos asolados, sin trigo, y en el mercado no se encontraba ni lo más necesario. Los administradores ya no daban trabajo a los hombres del pueblo en las fincas que se fueron recuperando, poco a poco, para la labranza. No se fiaban, preferían traerlos de lejos. O, si los contrataban, les pagaban jornales ruines, que solo daban para agachar la cabeza y estrujar con desesperación la gorra entre las manos, pero que no llenaban los platos.

—Deberías ofrecerte para ayudar en la misa —repetía la Pepa, porque bien sabía ella que el cura solo daba de comer a los que frecuentaban la iglesia, arrodillados en los bancos traseros para que el hedor de su miseria no alcanzase a los feligreses de pago, para que la sarna o la tiña no ofendiesen a los más afortunados, ni a las imágenes sagradas de la Virgen del Refugio y el crucificado que flanqueaban el altar donde el sacerdote desgranaba los latines de espaldas a los fieles. Por respeto a Dios. O para que no le hiriese el tufo de la feligresía.

Don Eutimio era un sacerdote de maneras distinguidas que, de la recaudación del cepillo, distraía apenas unas monedas para comprar tabaco: unos cigarrillos largos, delgados, de boquilla fina, que se hacía traer de fuera. Cuando salía de la sacristía, camino del altar o del confesionario, o cuando se giraba, una vez terminada la misa —«Podéis ir en paz, demos gracias al Señor»—, escudriñaba a la luz de los cirios cada rostro y grababa las caras de los presentes y de los ausentes en el libro de cuentas del Señor.

—¿Qué te cuesta? —me insistía la Pepa—. Siquiera haz el esfuerzo por tener una comida caliente los domingos. ¿No te da pena este pobre? —Y señalaba a Julio, que movía el cabezón, una vez calmada el hambre, al compás de un rítmico canturreo.

Yo negaba con la cabeza y le decía que sí, que sí me costaba. Que no le diese más vueltas. Porque la Pepa era muy buena, pero un poquito pesada. Desesperado por dejar de escucharla, hundía el brazo en el caldero y hacía palanca con la cuchara para despegar algún pegote que se resistía a abandonar el perol. Aunque la Pepa no supiese los motivos, a mí me costaba pisar la iglesia. Y, además, el cura jamás me hubiese dejado hacer de monaguillo, a mí, el hijo de mi madre. Por no hablar del patético monaguillo que yo haría, con las canillas sucias y los agujeros de los calcetines asomando por debajo de la túnica.

Si solo hubiera salido a servir la vieja de los ojillos de perro, aún. Pero cada domingo, al mediodía, don Eutimio se plantaba junto a ella en la puerta de la casa parroquial y presidía, con gesto soberbio disfrazado de benevolencia, el reparto del guiso —a sus ojos, festín claramente inmerecido—, que se daban a costa de la iglesia los desharrapados del pueblo.

Julio y yo no éramos del mismo padre. Él tenía los ojos castaños y plácidos. Los míos son verdes, de un verde diluido, como el que reflejaba el agua del regato allí donde las piedras se acumulaban, formando un pequeño dique que hacía que el agua se estancase y enturbiase. Madre tenía los ojos azules, de modo que, dos más dos, sumados, daban cuatro. Los ojos de madre eran del color que toma el cielo cuando deja de llover y el viento, ese que horas antes ha traído nubarrones plomizos, suelta dos o tres ráfagas furiosas antes de aquietarse y alejar los últimos jirones de nubes, haciendo que el cielo luzca como recién estrenado. El bebé tenía sus mismos ojos. Claro que el bebé era hijo de Roberto.

Para el caso, qué más nos daba a Julio y a mí quiénes habían sido nuestros padres. Ni él conoció al suyo, ni yo al mío. Roberto fue el único que hizo funciones de tal, poco tiempo, apenas unos meses, antes de tener que marcharse a pegar tiros. Es lo que tienen las guerras, que nadie vuelve de ellas. Los que caen muertos, porque los devuelven dentro de un cajón de madera, y los que, tras la paz, volvieron a poner el pie en el pueblo, arrastrando una carcasa más o menos averiada, ya no eran los mismos que se fueron.

Durante un tiempo, madre esperó. Por eso el bebé no tenía nombre, porque ella quería esperar a que Roberto regresase para que él se lo pusiera. Pero los meses se sucedieron y Roberto no volvió. Así que el bebé se quedó sin nombre. Con sus enormes ojos azules y sin nombre.

—Ojos de fulana —le oí decir una noche a un tipo de los que venían a la choza.

Desde los pies del castaño, a la débil luz que escapaba del candil cuando abrían la puerta, raramente les distinguía el rostro. Tan pronto golpeaban la puerta, madre nos hacía salir por el ventanuco del fondo; las piernecitas de Julio, rígidas, las primeras en traspasar el pequeño vano. Más difícil era hacer pasar la cabeza sin que se atascase.

En las noches de verano, el cielo aparecía cuajado de estrellas. Los puntitos de luz se pisaban los unos a los otros como colgaduras de feria, con riesgo de caer arrastradas por el peso. El rescoldo del calor del día hacía que nos sobrase la manta que madre dejaba caer por la ventana, tras de nosotros. Pero, esa noche, mientras caminaba hacia el hayedo con el bebé en brazos, con el hombre ya dentro, la ventana entreabierta y la brisa de la noche me trajeron el eco de una voz pastosa de borracho. «Ojos de fulana.»

Un rato después, el claro de entrada a la choza volvió a crujir bajo las pisadas vacilantes del hombre, que se retiraba camino del bosquecillo. Acurruqué al bebé junto al cuerpo de Julio y me deslicé tras él. El cielo estaba tan brillante y despejado que era como pasear de día, en esa hora que sigue al atardecer en que los restos de luz aún crean la ilusión de que el sol sigue fuera. Lo seguí en silencio hasta que hubo atravesado el puente de madera que desemboca en el prado. Desde allí, ya se distinguían la masa oscura de la ladera y el pueblo amazacotado sobre el promontorio y, a sus pies, el abismo negro de la quebrada.

Podía ver la espalda del hombre unos metros por delante de mí. Su camisa blanca, sus hombros ligeramente corcovados. Avanzaba contoneándose, trastabillando, siguiendo el camino de eses que dibujaba su embriaguez. Aguardé hasta que la vereda se alineó con el borde de la quebrada y entonces, coincidiendo con uno de sus tropezones, cobré impulso y, echando el peso con las dos manos por delante, lo empujé con toda la fuerza que pude reunir. Entre los jirones de neblina que cubrían la abrupta hondonada, vi su cuerpo caer, golpeándose contra las rocas, sin que apenas un leve gemido y unos golpes secos alterasen los sonidos de la noche. Miré hacia abajo, exultante, y no pude distinguir nada. Lo hallarían a la mañana siguiente descalabrado, apestando a alcohol y a los restos de semen que aún destilaría por la bragueta mal abrochada. Con suerte, ni siquiera lo encontrarían. Con paso ligero, regresé junto a mis hermanos. Una repentina ráfaga de viento fresco me hizo estremecer.

Despuntada el alba, salí de la choza y agucé el oído para oír en la lejanía el volteo de las campanas de la iglesia. Sonaban como cualquier otro domingo. No tocaban a difuntos, y no supe si sentirme decepcionado o aliviado.

De cuando en cuando, la Pepa me decía:

—Anda y ve donde lo de mi hermana.

Y yo acudía a casa de su hermana y le cortaba una partida de leña o le podaba las varas de los rosales o le encementaba y recolocaba unas tejas desprendidas del tejado. A cambio, ella me ofrecía una canasta con nísperos, un par de huevos, o nos sacaba a Julio y a mí un plato de lo que hubiera guisado ese día.

La hermana de la Pepa se llamaba Antonia, y odiaba a su marido. Se le leía en los hombros cargados, que se encogían aún más en su presencia, y, sobre todo, en el modo en que lo miraba. A veces, la entreveía llorando dentro de la casa, cuando se pensaba oculta a las miradas ajenas. No es que el marido le pegase, al menos yo nunca le vi hacerlo, ni tampoco ella lucía cardenales como otras mujeres del pueblo, acostumbradas a las tundas.

El cuñado de la Pepa era un hombre de rostro nublado y gesto bronco, de los que siempre parece que están buscando por dónde pillarte en falta para caerte con la bronca encima, de los que nunca tienen una palabra amiga o un gesto amable. En cambio, no escatimaba en palabras crueles. Era un hombre con el que no se podía vivir, según oí murmurar a su mujer mientras sollozaba a escondidas. Hablaba a solas, sobre todo mientras lloraba, como si tuviera la necesidad de explicarse a sí misma su desgracia. No podía evitar oírla desde el huerto, mientras cavaba, entre golpe y golpe de azadón. Y más siendo verano, cuando, con el calor, el pueblo entero era un despliegue de ventanas abiertas.

La hermana de la Pepa sufría su matrimonio como una condena: treinta años y un día de reclusión mayor, o, más bien, la perpetua. Eso decía entre hipidos: «Cadena perpetua». Y también que odiaba al marido y quería que se muriese, para poder sacudirse la angustia de dentro, y sentarse tranquila en el huerto o sacarse la silla a la puerta al llegar la fresca, sin tener que estar pendiente de la ira agazapada en los ojos de él o del temor a que le cayese por detrás para reprocharle una cosa u otra con palabras que herían como alfileres.

De haber hecho caso de los lamentos de la Antonia, uno hubiera pensado que el marido era el mismísimo demonio. A mí, en cambio, no me parecía un hombre malo. Más bien, alguien que no encontraba la manera de desembarazarse de un peso muy hondo que llevaba incrustado dentro. A veces, me parecía que la Antonia estaba un poco loca. Vivía la existencia del marido como una ofensa y eso, además de hacerle sufrir, le secaba el alma.

Era buena mujer, pero muy apocada. Cuando quería hacer caldo, me llamaba para que le degollase la gallina, porque ella se veía incapaz de hacerlo. Nos acercábamos a la puerta del gallinero y las aves, al vernos, se alborotaban como si adivinasen. Ella, con la mirada huidiza, me señalaba una al azar: «Esa»; y yo, pues esa, y me acercaba a la víctima y la acechaba despacito. Las gallinas tienen las luces muy cortas, no sospechan hasta que las tienes bien agarradas de las patas y el cuello, y ya no tienen manera de escapar, por mucho que aleteen. Todo es cuestión de sentarse en una sillita baja con una palangana a los pies, y abrazarlas fuerte mientras les acaricias el cogote, para que se tranquilicen y no se lleven un mal recuerdo. Luego, se les abre el pescuezo con un corte limpio, y se espera hasta que toda la sangre caiga en el barreño.

A veces, no sé por qué impulso misterioso de aferrarse a la existencia, la gallina continuaba viva, cuello abierto y todo, y se me escapaba de entre los brazos para iniciar un baile desatinado por el corral, la cabeza colgando cercenada del cuello, a la vez que agitaba las alas, desenfrenada. La sangre, impulsada en todas direcciones, trazaba en el aire curvas que salpicaban las paredes y dejaban círculos esbozados en el suelo, mientras Julio, sentado en el banco de piedra de la esquina del patio, se retorcía de la risa. Se retorcía igual que la gallina, que caía, por fin, para que pudiera desplumarla y llevarme después a Julio al pilón de la plaza, a frotarle bajo el agua las salpicaduras de sangre.

De chicuelos, jamás pensé que Julio fuese diferente. Ambos jugueteábamos alrededor de la choza, levantando nubes de un polvo pardo que se tornaba amarillo al mezclarse con la luz del sol que se filtraba entre las copas de los árboles, cuyos troncos nos rodeaban y protegían como centinelas. Las ramas retorcidas y quebradas se estrechaban, confabuladas para crear un claro cerrado y luminoso, una suerte de escenario al aire libre en el que interpretar el teatro de nuestras vidas.

Entonces la cabeza de Julio no era tan grande. Cierto que algo desproporcionada, como desproporcionados y ridículos, por lo pequeños, eran sus brazos y sus piernas.

La cabeza se veía grande más que nada por comparación con su cuerpo de enano. Madre decía que la tenía así de grande porque era el más listo de todos nosotros, y ella, que nos conocía bien, debía saber de lo que hablaba. Pero luego, con el paso de los años, se le empezó a acumular más y más líquido dentro del cráneo, y a ensanchársele la frente, abombada como una pelota. Hidrocefalia, lo llamaba el médico. Y, a partir de ahí, Julio comenzó a enlentecer.

No era solo que caminase más despacio y que su andar se volviese más torpe, sino que se fue haciendo tardo, hasta obtuso a veces, como si el mero hecho de existir fuese un ejercicio dificultoso para el que no acabase de estar preparado.

Era el ojito derecho de madre. Ella le decía que el tamaño de la cabeza era un regalo que la naturaleza había querido hacerle, para compensarle por lo corto de las piernas. «Mi príncipe de frente despejada», lo llamaba, y le hacía cosquillas; y Julio preguntaba que, si era un príncipe, dónde estaban su caballo y su trono. Entonces, madre callaba por un instante, y luego sonreía y decía que también hay príncipes destronados.

Al principio, íbamos juntos al colegio. Antes de que estallase la guerra y llegasen los milicianos, y ya todo anduviese manga por hombro. Pero también durante la contienda continuamos yendo, aunque solo de vez en cuando. Nuestras ausencias no parecieron importarle a nadie, y menos que a ningún otro a la maestra. Solo madre nos las afeaba y nos insistía cada mañana para que fuéramos, poniéndonos los cuadernos en la mano. Pero no éramos los únicos. Dejaron de asistir también unos cuantos de los del pueblo y hasta, por un tiempo, pareció que la escuela fuese a cerrar, y se encontraba uno a la maestra en horas de clase caminando desubicada por los campos, con los ojillos ansiosos tras las lentes redondas, como pollo sin cabeza. Luego, la paz volvió a colocar las cosas en su sitio y a la maestra en el pupitre. Pero, después de lo de madre, ya no quise volver al colegio.

En cambio, me empeñé en que Julio fuese. Por respeto a madre, a quien, por alguna razón que se me escapaba, la escuela le había parecido algo importante. Pero a él no le gustaba ir y tampoco me parecía que allí aprendiese mucho, así que empecé a hacer la vista gorda los días en que hacía pellas y se quedaba en la choza. De paso, le ahorraba la crueldad, nunca bien mantenida a raya, de los niños del pueblo, que redoblaron su ferocidad después de que nos quedásemos solos, hasta convertir su asistencia a clase en un tormento. «No voy si tú no vas», me decía; y había en sus ojos una obstinación tal, que prefería encogerme de hombros y dejarle hacer. De todos modos, Julio era mi apéndice, una prolongación de mí, como un brazo o una pierna. Madre me lo había encarecido a cada instante: «No dejes nunca a tu hermano solo». Debía ser porque, en lo referente a brutalidad ajena, ella estaba curada de espantos.

Sin embargo, un día cometí el error de enviarlo al colegio solo. En el camino de regreso a la choza, los chicos del pueblo persiguieron a mi hermano. No tendría que haberlo obligado a ir sin mí. Pero ese día tenía que revisar las trampas de los pájaros y Julio me retrasaba mucho. La comida escaseaba y era la temporada en que los pájaros se dejaban cazar con facilidad. Solo había que tender los cepos y acudir cada día, contar cuántos habían caído y echarlos al zurrón. Más tarde, en la choza, los desplumaba y destripaba, y los asaba sobre la plancha del fogón, la cabeza de uno cruzada con la cola del compañero, la superficie de la plancha cubierta con los cuerpos engurrumidos. O los espetaba en una vara y los hacíamos fuera, sobre una pequeña fogata.

Cuando madre aún estaba, los preparaba fritos con un poco de aceite, pero, después de la guerra, no había aceite ni modo de conseguirlo, así que yo optaba por asarlos tal cual, sazonados con hojas de laurel y un manojito de tomillo picado. Con eso solo, estaban bien ricos y Julio, cuando acababa de comerlos, se chupaba hasta los codos.

Para llegar a donde tenía tendidos los cepos, había que recorrer un buen trecho de bosque y, al paso de Julio, tardaría un día entero. A veces, sus andares torpes y ladeados me hacían hervir de impaciencia, pero conseguía reprimirme para no apremiarle. De sobra sabía yo que el largo de las piernas no le daba para aguantar el paso de mis zancadas. Podría haberlo dejado solo en la choza. Pero, después de lo de madre, me daba miedo. Así que lo acompañé hasta el colegio, una casita blanca situada fuera del pueblo, cuyo piso alto servía también de vivienda para la maestra. En el bajo, una sala abarrotada de pupitres, con una pizarra enorme que cubría la pared del fondo, se impartía la clase. El pobre Julio no quería ir, pero le pudo la obediencia. Apuró cabizbajo los últimos metros hasta la entrada, volviéndose a cada pocos pasos a buscarme con la mirada, para asegurarse de que aún no me había alejado. Su última ojeada me exasperó. Lo despedí con un gesto brusco, tras haberle asegurado que me encontraría en el mismo lugar a su salida.

Cuando alcancé el claro donde había tendido los cepos, tuve más trabajo del que esperaba, porque uno de ellos se había roto y tuve que detenerme a repararlo. Acabada la faena, me tumbé a descansar junto al regato. Luego iría a robar fruta a los huertos. El sol ya estaba alto. Era agradable sentir el calor, que me desentumecía las extremidades, mientras oía el agua correr para caer con estruendo sobre la poza, unos metros más abajo. Cerré los ojos y, sin darme cuenta, me quedé dormido.

Al finalizar las clases, Julio salió y no me encontró. Tras esperar un rato, emprendió el camino, y detrás de él fueron los otros. Julio me lo contó más tarde. No caminaban pegados a él, sino que lo seguían a pocos metros, como soldados en formación cerrada. Medían el paso para que la distancia entre perseguidores y perseguido se mantuviese constante. Ni más cerca ni más lejos, prietos los hombros, sincronizados, sin que se abriesen huecos en sus filas. Y mientras le seguían en ese baile de pasos medidos, gritaban a coro:

—¡Cabezón! ¡Enano! ¡Cabezooooón!

E imitaban entre risas el andar vacilante de mi hermano y el bamboleo de su cabeza, a la vez que le arrojaban piedras. Cantos redondos y planos, de los que habrían hecho provisión un rato antes en el arroyo que serpenteaba junto a la escuela, y que ahora transportaban dentro de las gorras, en un desfile de cabezas descubiertas y gorras cargadas, como canastas bien surtidas en día de mercado, bien agarradas para que no se les resbalasen de entre los dedos y se desperdiciase la munición. Así no necesitaban pararse a agacharse, ni a mirar alrededor. El único esfuerzo que precisaban era echar el brazo hacia atrás e impulsar el guijarro, para que impactase certero en el objetivo: la espalda, los hombros, la cabeza de Julio, que tan buen blanco hacía.

Julio caminaba y, a cada pedrada, le aumentaban el dolor y el desconcierto. Al principio, sentía impactar los proyectiles sobre hombros y espalda con poca fuerza, como de mentira, blandos, amortiguados por la ropa. Sabía que no tenía caso volverse, ni suplicar ni preguntar. Solo apresurar el paso y confiar en que yo, con suerte, apareciese. Las pedradas continuaron rítmicas, alternadas con los gritos de burla y los insultos a intervalos medidos. Sin apresurarse, espaciadas, cobrando poco a poco fuerza e intensidad. Ya no buscaban la espalda o las nalgas, sino que iban certeramente dirigidas contra la cabeza y cada una de ellas era una herida, una mordedura de fuego que dejaba a Julio aturdido unos instantes. Tras cada impacto, unos segundos de vacío y, luego, otro estallido en el cráneo que le hacía tambalearse de nuevo.

Parpadeaba Julio en su dolor sin lágrimas. Cada vez se le hacía más difícil avanzar sin perder el equilibrio, incapaz, a causa de la angustia y el miedo, de distinguir las pequeñas ondulaciones del terreno, los huecos abiertos en el sendero por el viento y la lluvia de primavera, que se llevaban la tierra y, pasada la estación, dejaban el camino seco horadado. De vez en cuando, se detenía, giraba la cabeza a derecha y a izquierda, y me buscaba con los ojos entre la vegetación circundante.

Ya le había parecido raro que yo no le esperase a la salida y, a cada paso, le aumentaba la sensación de abandono, hasta que un bocado de pesadumbre y miedo se le instaló en el pecho. Yo era el único que le quedaba, el único que aún no se había desvanecido. Todo eso me lo contó esa noche entre hipidos. Eso y que, en la mañana, antes de traspasar la puerta de la escuela, se había vuelto una última vez para ver cómo me alejaba de espaldas.

Los chicos de la escuela, implacables, mantuvieron constante el andar y la lluvia de pedradas hasta que se impacientaron, aburridos. El juego habría sido más divertido si la presa hubiese corrido, se hubiese rebotado, hubiese hecho siquiera amago de cambiar de dirección. Pero Julio no hacía nada de eso, sino que continuaba avanzando sin detenerse hacia la choza, a pasitos cortos que, para él, eran zancadas. En su cerebro dolorido, la choza y yo éramos uno, el refugio final.

Al menos, si lograba alcanzarla, podría cerrar la puerta. Quizás no se atreviesen a irrumpir dentro. Julio no tenía ojos más que para el camino que se alargaba ante él, como mulo al que le hubiesen puesto anteojeras para que la vista no se le distrajera. Semejante a una bestia de carga en día lluvioso, pestañeó para librarse de las lágrimas que, ahora sí, le anegaban los ojos, deslizándose cara abajo, emborronándosela de churretes. Y, mientras tanto, continuaba incansable, caminando inestable sobre las piernecitas breves, desoyendo el dolor punzante que, a cada pedrada, le nacía de la espalda, de la cabeza, del hombro, de dondequiera que el nuevo proyectil hubiese golpeado. Un dolor que le cubría ya, como un manto uniforme, todo el cuerpo.

No tengo recuerdos en los que Julio no aparezca. Formaba parte de mí, como mi nariz o mis orejas. Cabezón y enano, así es como lo conocí desde que tuve memoria, y no lo hubiese querido de ninguna otra manera. Claro que, si de repente, a ese Dios al que invocaba el cura, se le hubiese antojado hacernos un milagro, y me lo hubiese vuelto, no alto, de estatura normal, y le hubiese vaciado el líquido de dentro de la cabeza…, no le habría dicho que no. Pero Dios debía de andar ocupado con otros menesteres, porque ni reparaba en nosotros. Debía de pensar que para qué, si ya estábamos bien jodidos.

Por ese mismo Dios, juro que lo quería tal como era. Y, al mismo tiempo, sufría por él, por sus dolores de cabeza y su torpeza al caminar, y porque leía en sus ojos la pena de verse diferente a los otros. Por él, por verlo contento, sí lo habría cambiado, pero solo por él. Porque no estuviera triste, porque no se le ensombreciesen los ojos castaños hasta volverse casi negros de súbito. Ojalá él se hubiese visto como lo veía yo. Valía más que el resto del pueblo entero.

A veces, no podía evitar preguntarme por qué. ¿Por qué a él? Pero eso era lo mismo que preguntarse por qué sale el sol por las mañanas o por qué tiene olas el mar. Las cosas ocurren porque sí y no hay que darles más vueltas.

Y, sin embargo, en algunas ocasiones, me enredaba con esas cuestiones que no venían a cuento: por qué la crueldad, por qué se llevaron a madre, por qué el odio, por qué tantas cosas. Pero al rato sacudía la cabeza y concluía que a qué bueno enzarzarse en esa retahíla de preguntas sin respuesta.

Aquel día, conseguí reunir una docena de pajaritos mal contados que embutí en uno de los zurrones. Currucas y petirrojos, lo que más. Recogí, además, varias setas de cardo y hasta me hice con un manojo tardío de espárragos trigueros que crecían silvestres al pie de una encina. Al arrancarlos, se me clavó una espina en la yema del anular y el dedo no tardó en hinchárseme. Pensé que, antes de acostarme, tendría que calentar la punta de una aguja en las brasas e introducirla bajo la piel para sacarla. De vuelta a la choza con el botín, vacié los zurrones. No fue hasta entonces cuando caí en la cuenta de que me había olvidado de recoger a Julio. El sol estaba ya bajo en el horizonte y él aún no había regresado a casa.

Salí de la choza y eché a correr. Desde la vereda, sin todavía alcanzar a ver nada, oí las risas y los gritos. Redoblé la carrera y, a la vuelta de un recodo, en el tramo del sendero que se ensanchaba a la sombra de unos olmos viejos de corteza desconchada, divisé a Julio que caminaba obstinado, balanceando la cabeza de lado a lado por delante del grupo mermado de perseguidores. Algunos ya se habían marchado, cansados y aburridos, para sus casas. Pero aún quedaba una banda nutrida, compacta, de muchachos insistentes que se resistían a poner fin a la diversión y que, forzando las voces, animándose los unos a los otros, redoblaban:

—¡Cabezooooón!

La rabia me cortó la respiración. Sentí cómo se me concentraba en las sienes un odio feroz contra aquellos críos. ¡Qué críos!, contra aquel puñado de cabrones que tenían todo aquello de lo que nosotros carecíamos y, sin embargo, aún no se daban por satisfechos. Me lancé a la carrera y rebasé a Julio, de frente, sin mirarle siquiera. El ansia de venganza me empujaba como una racha de viento al borde de un precipicio. El grupo me avistó y los muchachos comenzaron a darse la vuelta, atropellándose los unos a los otros. De repente, me sentí poderoso, consciente de mis brazos fuertes y de mis manos grandes y robustas. Manos hechas para proteger, pero también para sujetar y golpear.

Atrapé a un rezagado, un chico larguirucho con orejas de soplillo, y lo tumbé de un puñetazo en la nariz. El muchacho aulló y se llevó las manos a la cara, intentando procurarse una salvaguarda que era inútil, porque ya yo me había desentendido de él y había agarrado por la camisa a otro al que el desconcierto había dejado inmóvil en el sitio, sonriendo sin ganas con la mueca estúpida del que aún no es consciente del peligro al que se enfrenta, del que no se da cuenta exacta de lo que se le viene encima. Lo aplasté bajo una lluvia de golpes.

El larguirucho, mientras, se había puesto en pie. Viendo que la cosa ya no iba con él, huyó trastabillando, sujetándose la nariz con las dos manos, mientras la sangre se le escurría de entre los dedos. Miré al chico que tenía debajo, sentado sobre su vientre, que ya no pensaba en sonreír, sino en cubrirse el semblante lívido, aterrado. Se revolvió en el suelo, intentando zafarse, pero hice pinza con las rodillas contra sus costados. Sus manos se crispaban sobre la gorra, en el fondo de la cual quedaban unas cuantas piedras olvidadas. Las demás se le habían desparramado en la caída.

—¿Quieres piedras? ¿Eh, hijo de puta? ¿Quieres piedras? —Y a puñados se las embutí en la boca. Las piedras entraron a presión y se mezclaron con la saliva y los trozos de dientes rotos.

Solo me detuve cuando me di cuenta de que el muchacho se estaba asfixiando, de que las piedras se le iban a meter garganta abajo. Su rostro empezó a tomar un color morado, como el de los lirios que crecían junto a la tapia del cementerio. Me incorporé y lo volteé para ponerlo de bruces, con la cara pegada al suelo, escupiendo piedras manchadas de sangre.

Luego, tomé de la mano a Julio y, juntos, caminamos hacia a la choza. Cuando llegamos, preparé unas cataplasmas con lavanda y pasiflora, lo desnudé y se las apliqué en las zonas enrojecidas, laceradas por las piedras. Julio temblaba. Hacía frío en la choza, a pesar del incipiente verano, a pesar de que me había cuidado de encender el fuego para evitar que cogiese frío, pero la tembladera se le había metido dentro del cuerpo. Lo acosté y lo abracé fuerte, acompañándolo en su tiritera bajo las mantas. Cuando su respiración jadeante dejó lugar a otra pausada, de dormido, yo ya había decidido que la escuela, para Julio, era capítulo cerrado.

Después de eso, dediqué de vez en cuando algunas tardes a enseñarle a trazar letras y hacer cuentas, para que no se criara como un bruto, aunque lo cierto es que no aprendía gran cosa. Sería porque cada vez se le hinchaba más la cabeza, pero para eso yo no conocía remedio. Cuando madre aún estaba, lo llevaba de vez en cuando al médico del pueblo, el doctor Rusiñol, para que lo sondara y le drenase el líquido de dentro. Después de cada visita, Julio mejoraba, se le aliviaban los dolores y estaba más despierto, sin tanto sueño. Pero, solos los dos, yo no tenía con qué pagarle al médico, al menos no de la manera en que madre le retribuía los servicios.

El doctor Rusiñol era un solterón encorvado que debía andar cercano a jubilarse o a morirse. Tenía la piel llena de manchas de un marrón oscuro que sobresalían como bulbos carnosos, y de las que brotaban unos pelos recios, parecidos a los del morro de un cochino. Nunca llegué a tener claro si tuvo algo que ver con lo que le pasó a madre. Pero, a veces, al cruzarme con él por las calles del pueblo, el doctor amortiguaba el paso hasta detenerse casi, y se me quedaba mirando fijo, inquisitivo, como si se formulase para sus adentros una pregunta sin respuesta.

También tuve otra madre, pero solo me duró unos minutos. Se llamaba Carolina y era hija del tío Martín.

En la plaza Alta, en un caserón que se abría en la esquina, tenía su casa el tío Martín. Los adoquines de la plaza se habían hecho eco a menudo de las broncas agrias entre padre e hija, en un tira y afloja de caracteres encontrados, despótico él, testaruda ella. La cosa se torció sin remedio al enviudar el tío Martín. Un día, no sé por qué tontería, la furia del padre estalló como vendaval que se empeña en abatir contra el terreno al junco de la marisma: envió a Carolina a la ciudad, a casa de una tía materna, con encargo expreso de que no se le ocurriese volver.

El tío Martín, amargado, se confinó en el caserón. Una mañana, amaneció rígido en la cama, con un ataque de apoplejía que le paralizó el lado derecho, entre contorsiones de la boca angustiada que quería hablar, pero que no daba con las sílabas precisas o con el movimiento exacto de los labios, de modo que no conseguía hacerse entender. Incapaz de valerse por sí mismo, lo llevaron al asilo, donde quedó comiendo la sopita aguada de las monjas.

Los ojos de madre eran del color del cielo. Es mentira que el cielo sea azul. Cambia de color como las personas de semblante. Unas veces es sudario y otras, sábana recién lavada. En ocasiones, lámina de plomo; a veces, brasa inflamada. Así, según le va variando al cielo el ánimo, puede ser campo de trigo, mar roto, arrebol encendido, rebaño de borregos, cortina húmeda, bandada de pájaros, plaza entoldada, bóveda plana o veta de carbón. Sea como sea, el cielo muestra su cara de frente, nunca engaña.

No como la luna, que es traicionera y se vale de la oscuridad para zarandear ánimos y borrar certezas. Esconde algo la luna. Con ella, uno nunca sabe a qué atenerse.

Roberto había llegado al pueblo una mañana como cualquier otra con el fusil en la mano. Cosas de la guerra, que zarandea a los hombres, los arrastra de un lugar a otro y los aleja de sus familias y sus casas, sin más equipaje que una escopeta y una mochila a la espalda.

No hacía ni una semana que se había instalado en el vecindario cuando llamó una noche a la puerta de la choza. Eso entraba dentro de lo habitual. Los hombres venían, amparados por la oscuridad, y golpeaban con los nudillos. Madre tensaba el cuello, giraba la cabeza en dirección a la puerta y gritaba con voz ronca al que llamaba: «¡Aguarda!». Jamás permitió que ninguno de ellos entrase mientras nosotros siguiéramos allí dentro. No sé qué misteriosa autoridad encerraba su voz, pero todos obedecían y esperaban, aunque les consumiera el ansia por desanudar la cuerda que les sujetaba la cintura del pantalón y consumar la descarga.

Madre nos sacaba de la choza por la ventana que miraba a la arboleda. Yo salía el primero. Luego, ella aupaba a Julio, y mi hermano quedaba por unos segundos sentado en el marco de madera que rodeaba el vano, y yo le tiraba de los brazos, poniéndome debajo para amortiguar la caída y que no se magullase. Instantes más tarde, cuando empezábamos a caminar en busca del amparo del castaño, la escuchábamos decir: «¡Pasa!», y se oía el chirrido de los goznes y el peso de los pasos sobre el piso de la choza. Después, solo apoyar la espalda en el tronco, dejar que Julio me acomodara la cabeza sobre el pecho, echarnos la manta sobre el cuerpo, dormir quizás, hasta oír, si estábamos despiertos, la puerta que se abría, los pasos que se alejaban por el camino, y la voz de madre que nos llamaba.

Tras aquella primera noche, Roberto regresó a los tres días, y aún otra vez al día siguiente. La cuarta visita la hizo de día, y ahí ya se quedó con nosotros. Lo mejor de todo fue que, no sé en virtud de qué consigna velozmente transmitida, los hombres dejaron de venir, y ya no había que seguir pasando la noche al raso. Roberto le regaló a madre un corte de tela para que se hiciera un vestido, y eso que era evidente que, aparte de lo que llevaba en la mochila, no tenía donde caerse muerto. Se quedó menos de un año. Durante esos meses, a madre se le comenzó a hinchar la panza y el vestido nuevo ya no le entraba. Luego, las tropas avanzaron y Roberto tuvo que seguirlas. Besó a madre antes de irse, y a Julio y a mí nos revolvió el pelo. Madre lo miró alejarse con las manos protegiéndose el vientre y los labios muy apretados, tan apretados que eran dos líneas blancas que se le confundían con el color de la tez. Cada pocos pasos, Roberto se volvía y agitaba la mano para decir adiós. Nunca regresó, así que supongo que lo mataron o lo metieron preso.

Algo debió de pasarle, porque yo creo que, sano, habría vuelto y no habría dejado al bebé sin nombre.

Al tío Martín las monjitas lo cuidaban por caridad. Pero una mañana, el pueblo despertó y comprobó, sorprendido, que las ventanas del caserón de la plaza Alta estaban abiertas, las cortinas descolgadas y lavadas, tendidas en el patio trasero, oreándose al sol. La casa, rejuvenecida, presentaba la puerta del zaguán abierta de par en par. Ese mismo día, a la tarde, el tío Martín, sentado en su silla de ruedas, hizo el camino de regreso desde el asilo a su casa, conducido por su hija Carolina, que empujaba la silla, saludando con sonrisas y movimientos de cabeza al pueblo entero, asomado a puertas y ventanas para verlos pasar.

Apenas un mes después, Carolina hizo venir al marido, un hombre de ciudad parco en palabras, con aspecto de no hallarse cómodo en parte alguna, pero que demostraba, en medio de su continuo silencio, el respeto que sentía por su mujer en mil pequeños detalles. Era hombre prudente y que no daba quehacer, de modo que el pueblo, pese a su origen foráneo, lo aceptó en pocas semanas como un integrante más del paisanaje. En el enorme caserón se instalaron a vivir los tres. El marido, de cuando en cuando, desaparecía durante semanas, con la excusa de atender en la ciudad unos negocios que nadie llegó nunca a averiguar en qué consistían. El matrimonio no tenía hijos, y esa parecía ser la única tacha en la felicidad de Carolina, que desplegaba una actividad enfermiza de la mañana a la noche subiendo escaleras, atendiendo visitas de vecinos a los que no recordaba y paseando al padre en la sillita todas las tardes, bajo la sombra de las jacarandas de la alameda. La ternura que habría dedicado a los hijos propios la consagró al padre desvalido al que, entre tantas idas y venidas, se le había ido la cabeza y babeaba feliz, sin comprender lo que sucedía a su alrededor. Las veces en que reparaba en la hija, la llamaba Aurora, como a su difunta madre. Carolina volcó su afecto en ese padre regresado a la infancia. En él y en cuanto niño divisaba, a los que trataba con una amabilidad y una dulzura complacientes a las que sus propias madres no los tenían acostumbrados.

Yo estuve entre los primeros a los que sedujo. Me aficioné a dejarme caer por el caserón. Asomaba al zaguán y golpeaba la hoja de la puerta, no para pedir permiso para entrar, porque nadie encontró jamás la puerta de Carolina cerrada, sino para avisar de mi llegada. Con algo de timidez al principio, me ofrecí a ararle el huerto, a podarle las buganvillas o a prestarle cualquier servicio que ella tuviese a bien encomendarme. Siempre estaba necesitada de ayuda, siempre andaba atareada. A media tarde, me quitaba la azada de entre las manos o las tijeras de podar o el balde con el que le acarreaba agua desde el pozo y me obligaba a sentarme en el cenador del huerto para agasajarme con bollitos de leche, piononos de crema y unos merengues que ella misma cocinaba por bandejas y que, luego, sin saber qué destino dar a tanto dulce, mandaba regalar a diario al asilo de las monjitas, en agradecimiento por la temporada en que habían cuidado de su padre. Cuando Carolina se metía a cocinar, la casa entera se llenaba de un olor a masa recién horneada que se filtraba a través de los tabiques y ganaba el huerto, donde se mezclaba con el aroma de los ciruelos y los membrillos.

Esas tardes de merienda improvisada, en que yo tragaba encantado cuanto me ofrecía, me ensanchaban el pecho a cada bocado. En las pausas entre dulce y dulce, me esforzaba por responder, lo mejor que sabía, a las preguntas que ella me hacía. Se interesaba por mí, por Julio, en qué andábamos, qué comíamos, si estábamos bien atendidos. Yo le aseguraba que sí por lealtad hacia madre, aunque nuestras precarias condiciones de vida en la choza estaban muy lejos de la dulzura de los piononos o de los sólidos muros, inexpugnables para las corrientes de aire, de su caserón.

Otras veces, me pedía, con semblante grave, mi parecer acerca de si era mejor injertar el ciruelo aquel que ya apenas daba fruto con un melocotonero, o si sería más conveniente mezclarlo con un manzano. Aun en los casos en que no estaba muy seguro de la respuesta correcta, me esforzaba en dar a mi opinión un aire de entendido, orgulloso del interés con el que me escuchaba, atenta, con la cabeza ladeada, asintiendo muy seria a las razones que salían de mi boca. Por eso, por su manera amable de escuchar, por las preguntas que me formulaba y por todas las que se guardaba, porque, a pesar de pertenecer al pueblo, en realidad solo se pertenecía a sí misma, y porque había hecho el intento de escapar y casi lo había logrado —al menos, durante los años de ausencia—, se me despertó hacia ella un afecto inquebrantable, sumiso y a la vez generoso, que no sabía si me nacía del pecho o de algún lugar situado más abajo de las entrañas.

Con las últimas luces, para no regresar muy tarde y no agravar las ojeras que la inquietud marcaría bajo los párpados de madre, me despedía de Carolina a desgana. Ella me tendía unas monedas: «Ten, guárdatelas, gracias por tu trabajo. Y por la compañía». Me hubiera gustado no aceptarlas, rechazarlas con gesto desenvuelto de señor: «No es nada, lo hago con placer, solo es un favor entre vecinos». Pero, entonces, me acordaba de los agujeros en la suela de los zapatos de Julio, que ya no admitían más cartón, tan grandes eran ya que el barro de los caminos se le colaba dentro y le ensuciaba los pies, dejándoselos húmedos e hinchados; y de que el pan que comíamos estaba manchado del semen de los hombres que acudían a la choza; y de que la dignidad era incompatible con una vida construida a base de miserias y limosnas.

Y, entonces, tendía mudo la mano, la cerraba con fuerza sobre las monedas y, sin decir palabra, me despedía con un movimiento de cabeza, y me alejaba camino de la choza.

Yo era de los pocos alumnos que sabía leer, pero no gracias a los esforzados, aunque discutibles, méritos de la maestra. Fue Roberto quien me enseñó, aunque yo lo disimulaba para darle el crédito a ella, no fuera a molestarse y a negarme la entrada a la escuela. Desarrollé la habilidad de pasar inadvertido, haciéndome notar lo menos posible, y convertí esa destreza en hábito. El mérito en el pobre es un pecado difícil de perdonar. Bastante atraía ya Julio las miradas por los dos, señalado blanco de burlas, comentarios y risas que nadie se molestaba en ocultar.

A Julio le gustaba estar al aire libre. Tenía la afición de coleccionar escarabajos. Era capaz de quedarse inmóvil durante horas escudriñando la hierba hasta que descubría al bicho, negro, laborioso, paseante tenaz entre las briznas verdes, y, haciendo pinza con los dedos, lo levantaba con mucho cuidado. En cuanto se veía en el aire, el bicho se revolvía, pugnaba por soltarse y agitaba al viento las patitas menudas. Entonces, Julio se sentaba y, una a una, se las arrancaba con mimo. Luego, metía a los escarabajos mutilados en un bote de cristal, donde le cabían por lo menos cincuenta. El bote iba con él a todas partes, embutido en uno de los bolsillos de la chaqueta. Por las noches, lo colocaba junto al jergón. De cuando en cuando, el tarro se volvía pestilente y no me quedaba otra que abrirlo y tirar las carcasas de los escarabajos muertos al río. Después de eso, Julio se tiraba unos días enfurruñado, con la cabeza gacha, pero se consolaba pronto. Lo que tardaba en agarrar de nuevo el bote, salir al exterior de la choza y acechar un nuevo escarabajo entre los tallos de hierba.

Las noches de sábado, la taberna se llenaba a rebosar. Los hombres, después de la semana de trabajo, se recompensaban trasegando vaso tras vaso de mosto que Juanito, sudoroso tras la barra, les plantaba delante al tiempo que les retiraba, vacío, el anterior. Para él era el día de más trabajo de la semana. Había de estar atento a llenar los vasos, de que el vino corriese sin pausa, de que no quedasen vasos vacíos ni bocas secas. El cajón del dinero se colmaba de monedas y billetes manoseados y pringosos al mismo ritmo que bajaba el nivel de los bocoyes. Y todo ello sin dejar de estar pendiente a si era preciso empujar hasta la puerta al que tenía un mal vino y, al cuarto o quinto vaso, se ponía patoso, antes de que las conversaciones chuscas degenerasen en bronca, antes de que alguno le mentase sus muertos a otro.

El día se había presentado tan atareado que Juanito no había tenido tiempo de traer nuevos barriles desde la bodega. Solo por eso había consentido en que Julio y yo entrásemos en la taberna, porque no le gustaba vernos por allí antes del cierre. Pero no era cosa de quedarse sin vino un sábado por la noche y quería mandarme a ayudar a la Pepa a que fuese con el carro a la bodega, a llevar los bocoyes vacíos y traerse otros cuantos llenos. Cada bocoy contenía veinte o treinta litros, y la Pepa no podía cargarlos ella sola. La esperé, impaciente, junto a la puerta, con el carro preparado y los barriles vacíos ya apilados en la trasera, y la ayudé a montarse mientras ella se arrebujaba en la toquilla.

Unos minutos después de nuestra marcha, llegó a la taberna el carnicero con su cuadrilla. Julio aguardaba con resignación mi regreso, sentado sobre las baldosas del suelo, en el rincón más oscuro, teniendo muy presente mi advertencia severa de mantenerse quieto y sin llamar la atención hasta mi regreso. El carnicero era hombre jaranero, contaba con gracia chistes subidos de tono, cuanto más verdes mejor. Le gustaba ser el centro de cualquier reunión.

Más tarde, Julio me contó que esa noche el carnicero llegó a la taberna de muy buen humor: antes de salir le había arreado una buena tunda a su mujer porque no le había planchado bien la camisa. Los vecinos habían oído las voces en dos calles a la redonda. Nada más entrar en el establecimiento, se metió entre pecho y espalda dos vasos de mosto, uno detrás de otro. El licor, amarillento y áspero, le calentó de inmediato los huesos, que se le habían enfriado en el camino de la casa a la taberna.

No tardó en concitar a su alrededor un corro de risas sonoras. Cuando agotó el repertorio de chistes, repitió sin darse cuenta alguno de los más celebrados, palmeó hombros, dejó que se los palmearan a él y, al rato, comenzó a ser evidente que lo ganaba el aburrimiento. El carnicero, sin duda, añoraba los sábados de antaño, cuando remataba la noche desfogándose en la choza antes de regresar a su casa y darle otra paliza a su mujer si la pillaba despierta, encogida de miedo entre las sábanas arrugadas.

Las noches en que iba a la choza, nunca pagaba con monedas. Se llevaba un tasajo de los que estaban para tirar al día siguiente, colonizado por una nube de moscas que ya habían empezado a inocular en la carne sus diminutos huevos. Al regresar nosotros, una vez que él había terminado con madre, nos encontrábamos para nuestra alegría el tasajo arrojado sobre la mesa, llenando la choza de olor a podrido. Al día siguiente, enjuagaríamos bien la carne para que madre la cocinase con muchas hierbas. Así el olor no se notaba y nuestros estómagos, poco exigentes, recibían la carne agradecidos.

Pero el carnicero sabía que ya no tenía caso ir a la choza, que ya no había allí quien lo satisficiera, y se aburría en la taberna, aunque sin ganas aún de volver a casa. De vez en cuando, hacía una mueca y se apretaba los nudillos, como si le doliesen y hubiera de reservarlos antes de volver a emplearse a fondo con la parienta. El oficio de carnicero requiere fuerza y precisión. Si se resienten los nudillos, cuesta empuñar el cuchillo por las mañanas y hacer fuerza, al sacar las chuletas, para cortar el hueso y los tendones. Y entonces fue cuando miró a su alrededor y vio a Julio, inmóvil en el rincón.

De inmediato, se animó, le dio un codazo cómplice al compadre que le pillaba más cerca y llamó a voces a mi hermano:

—¡Oye, tú! ¡A ver, ven para acá!

En un primer momento, Julio no se atrevió a moverse. Quería obedecerme, pero el tabernero lo alentó con un gesto de cabeza, como si le otorgase permiso para que se acercara. Julio se levantó, avanzó hacia el grupo bamboleándose sobre sus piernecillas a medio terminar, y el carnicero, no bien lo tuvo a su lado, se volvió hacia la barra y ordenó:

—Ponle aquí a mi amigo un dedito de vino dulce.

Al oírse llamar amigo, Julio se animó. Olisqueó el contenido del vaso antes de agarrarlo con las dos manos. No había comido nada desde por la mañana y el vino, espeso y meloso, le dulcificó la lengua y le calentó el pecho al tragarlo garganta abajo.

—¿Está bueno, a que sí? —preguntó el carnicero.

Julio asintió con la cabeza y asomó la puntita de la lengua para relamerse los labios.

—¡Oye, Juanito! —voceó el carnicero—. Llénale otra vez el vaso hasta la mitad. Yo invito.

El vaso retornó a las manos de Julio, que vaciló esta vez antes de acercárselo a la boca.

—¿Qué te pasa, chaval? —se burló el carnicero—. Sin miedo. Esto es lo mejor que hay para un crío. A mí me criaron mis abuelos con yemas de huevo y vasitos de vino dulce, y mira. —Y, estirando la espalda, se irguió para dominar a Julio desde su metro noventa.

—Me parece a mí que a ti te han dado poco vino. ¡O que en tu casa no hay muchos huevos! —remató el carnicero, con una carcajada.

Los amigos reían, celebrando la broma, formando círculo alrededor. Julio pensó que por qué no, que qué peligro había y apuró el vaso, reconfortado de golpe por el calor de la estufa, por el bullicio de las risas, porque el carnicero le había llamado amigo, y por el vino oscuro aromatizado que le bajaba, otro trago más, por el esófago, y le levantaba cosquillas de felicidad en el cuerpo entero. Notó que este segundo vaso le nublaba un poco la cabeza y que las piernas, de por sí desmañadas, se le entorpecían más que de costumbre. En ese momento, el carnicero le propinó un empellón brusco en la espalda y Julio, propulsado hacia delante, rebotó contra el hombre que tenía enfrente, que lo rechazó a su vez con las dos manos y lo envió de vuelta al corro. Otro empujón, y otro más. Los hombres, a turnos, fueron lanzando a Julio, como a una pelota, de un lado a otro del círculo. Una pierna se le enredó con la otra y cayó de bruces al suelo.

Lentamente, apoyándose en la palma de las manos, se levantó, desconcertado. Se frotó la frente y la barbilla, doloridas, al tiempo que contenía las ganas de vomitar. Mientras, los hombres seguían con sus carcajadas que ya no eran amigables, sino amenazantes y le resonaban con violencia en los oídos. La cantina entera comenzó a darle vueltas y tuvo que sentarse de golpe en el suelo, en el centro del círculo de hombres, para no caer de nuevo.

El carnicero se agachó hasta ponerse en cuclillas y le dijo a Julio, como quien hace una confidencia:

—¿A ti te gusta la carne, verdad? ¿Echas de menos los pedazos que os llevaba? Pásate mañana por la carnicería, que igual, si me coges de buenas, te doy un trozo de vaca. O de jabalí. —Julio dio un respingo, el semblante demudado, y negó violentamente con la cabeza. Los jabalíes le aterrorizaban.

—Demonio de crío. ¿Me vas a despreciar un trozo de jabalí, con lo bueno que está? Mejor que los rayones. —Julio, temblando, volvió a negar. El vómito, ácido y bilioso, comenzó a subirle por la garganta, y le provocó una arcada. Lo tenía ya flotando en la boca, pero, dominando el impulso imperioso de salir corriendo, se lo tragó. Habíamos quedado en que me esperaría. Miró hacia la puerta, que seguía cerrada.

—¿Qué tienes tú en contra de los jabalíes, a ver? ¡Si son mucho más guapos que tú!

El cortejo de risas subió hasta hacer temblar la bombilla solitaria que pendía del techo. Julio negó desesperado, la cabeza de globo girando a derecha y a izquierda cada vez más rápido, los ojos espantados que no encontraban un punto en el que fijarse y vagaban, redondos en las cuencas, de la puerta al suelo.

—Pero, vamos a ver, zagal, ¿a ti qué puñeta te pasa con los jabalíes? Engordan sin hacer gasto. Se comen la basura. Cualquier día te comen a ti —añadió, pegando aún más su rostro al de Julio.

De repente, el carnicero soltó un aullido, a la vez que saltaba hacia atrás, cubriéndose la cara con las manos. Asustado, Julio intentó ocultar sus uñas, impregnadas de rojo, al tiempo que unos brazos fornidos le rodeaban. Arañó, berreó, golpeó con los puños los muslos del carnicero, al que le escocían las cuatro líneas húmedas de sangre que las uñas de Julio le habían grabado en la piel del rostro.

—¡Hijo de puta! —gritó. Y la emprendió a patadas con el cuerpo de mi hermano, que al principio se retorcía, pero que, a cada golpe, se iba aquietando, gimiendo bajito hasta quedar inerte.

A Julio le aterrorizaban los jabalíes. Era mi culpa, pero algo tenía que decirle. La noche en que nos quedamos solos, no paraba de preguntar: «¿Dónde está el bebé, Matías? ¿Dónde?». Y a mí la cabeza me daba vueltas, y el pecho me dolía como si me hubieran clavado una estaca en él. Abrí la boca para contestarle, pero me faltaba aire en los pulmones. Sentía que me asfixiaba, que iba a caerme redondo al suelo. Tenía las manos desolladas, los brazos reventados de cavar, y Julio no descansaba: «¿Y el bebé, Matías? ¿Dónde está?».

El aire no regresaba, y el cuerpo se me iba hacia el suelo, derrengado como estaba del cansancio y la pena. Fuera, los jabalíes hozaban y gruñían junto a las paredes de la choza.

Recuerdo haber pensado que eran los jabalíes los que me estaban robando el aire.

Tenía la cabeza a punto de estallar, y Julio venga con las preguntas; ni los jabalíes ni Julio tenían compasión de mí.

Y, entonces, antes de que me lo volviese a preguntar, se lo dije. Fue lo primero que se me vino a la cabeza.

Por eso, ahora, Julio no soporta a los jabalíes.

La Pepa, que me precedía, empujó la puerta y entró al calor de la taberna. Temblaba arrecida, arropados los hombros y el cuello por una gruesa toquilla de lana. A mí me dolían hasta los huesos por el esfuerzo realizado, y de tanta frialdad y humedad como hacía. La Pepa ya no estaba para aquellos encargos del marido. Si no llego a acompañarla, su osamenta vieja y malparada no habría soportado el peso de los bocoyes.

En la taberna, vacía, flotaba un vaho, mezcla de los vapores del vino y del calor de la estufa, un vaho maloliente, que hedía a sudor de hombre y a humo reconcentrado, pero que me pareció, sin embargo, mucho más agradable que el frío y la oscuridad de fuera. Nada más entrar, por encima del hombro de la Pepa, vi, a la luz pobre y triste que emanaba de la bombilla del techo, el bulto de Julio hecho un ovillo en el suelo, dejando escapar un débil gemido, como un ronquido tenue que se le escabullese de entre los labios. Me lancé a voltearlo y, al ponerlo boca arriba, vi los dientes rotos y su cara hinchada y llena de magulladuras. Levanté el rostro y miré al tabernero, quien, sin inmutarse, continuó enjuagando vasos y secándolos con un paño raído, un paño que ponía más suciedad de la que quitaba.

Apreté los labios, consciente de la inutilidad de hacer preguntas, pero decidido igualmente a averiguar. El tabernero levantó un vaso, lo miró al trasluz de la bombilla, se lo acercó a la boca, le echó una bocanada de vaho, lo frotó y lo devolvió al anaquel donde los vasos, como soldaditos de cristal alineados en la penumbra de la taberna, se aprestaban para el combate del día siguiente.

—Ve a meter las bestias a la cuadra —terció la Pepa. Se había agachado a mi lado, la mano en mi brazo, y contemplaba los destrozos en el cuerpo de Julio con tristeza resignada. Me sacudí su mano como si me quemara—. Yo lo curaré, te digo. Anda y guarda las bestias.

Miré en derredor, pero no quedaba nadie en la taberna. Era tarde y todos habían regresado a sus casas, agotada la noche de fiesta. No quedaba más que el tabernero que continuaba secando los vasos, indiferente. Se le había dado bien la noche, no había más que ver su cara de satisfacción. Rebosante de rabia, descargué mi ira contra la puerta, abriéndola de un empujón y me dirigí hacia donde aguardaban los mulos, que resoplaban, ateridos. Sus ollares expelían un humo blanco y acuoso que venía a mezclarse, sobre la piel de los animales, con las gotas de humedad que flotaban en el aire de la noche.

Antes de conducirlos a las cuadras, me arrimé a una de las ventanas de la taberna. Pegado al marco de piedra, atisbé cómo la Pepa se afanaba con una botella de alcohol y una rama de algodón. Desnudó a Julio junto a la estufa para que no cogiera frío y le lavó las heridas, frotándole la carne lacerada con golpecitos leves, cuidando de no hacerle daño. Julio temblaba, transido, contrahecho, y se dejaba hacer al tiempo que se le cerraban los ojos de agotamiento.

De los párpados cerrados, le caían unos lagrimones transparentes que corrían cuello abajo, al encuentro de la toalla con la que lo frotaba la Pepa. A través de la ventana entreabierta, la oí musitar: «Madre del amor hermoso, haz que este chiquillo entre por fin en calor».

—Y tú, ¿cómo no has hecho algo para impedir esto? —le espetó al marido, que había terminado de secar los vasos y había pasado a recolocar las botellas y a asegurarse de que las espitas de los barriles estuviesen bien cerradas, para que no se perdiese ni una gota del preciado líquido que le daba de comer.

—¿Y qué querías que hiciese? No me iba a indisponer con la parroquia por defender a ese —dijo, señalando al bulto amoratado que temblaba bajo la toalla—. ¿Qué tengo yo que ver con él? ¿Acaso es algo mío?

Al oír eso, la Pepa acomodó a Julio en una silla que arrimó a la estufa, y se volvió rabiosa hacia el marido:

—Bien pudiera serlo —susurró—. Óyeme bien. Uno de vosotros hubo de poner la simiente para que nacieran estos niños, que las barrigas no se fabrican solas, ni por obra y gracia del Espíritu Santo.

—¡Ah, no! —se defendió el marido—. Del mayor, puede. Pero, ¿del contrahecho? En este pueblo nunca ha habido enanos, que se sepa —dijo, negando con la cabeza.

—¿Y tú qué sabes si la criatura venía bien en lugar de escacharrada? Quizás fuese el sufrimiento de la madre o la miseria las que torcieron al crío dentro del vientre y lo volvieron deforme —contestó la Pepa, tras cerciorarse de que Julio se había dormido.

—A lo mejor fue castigo de Dios. No se te olvide que la madre era puta.

—¿Ahora le vas a achacar a esa pobre desgraciada que abriese las piernas para poder comer y meter un trozo de pan a la boca de sus hijos?

En ese momento, Julio comenzó a revolverse. La Pepa dio por terminada la conversación. Le dio unas últimas friegas y le puso de nuevo sus ropas andrajosas. Desde que no estaba madre, ya nadie las recosía ni lavaba y algunas prendas se nos caían a jirones, gastadas por el uso y la suciedad.

La Pepa se acercó al caldero y volvió adonde estaba Julio con un tazón de caldo, calentito.

—Anda, bebe.

Julio le sonrió, agradecido, y agarró el tazón con ambas manos, más con la intención de calentárselas que de beber. Ya se le veía más tranquilo, aunque daba miedo mirarle la cara. Se sentó en el banco de piedra, olvidada la paliza, feliz de tener un tazón humeante entre las manos, a esperar mi regreso.

La cuadra estaba a oscuras. Sopesé la idea de encender un candil, pero las manos me temblaban y, además, no habría soportado la luz. A tientas, levanté la tranca e hice entrar a los dos mulos, dóciles, resignados, anhelantes del calor de la paja. Permanecí durante unos minutos a oscuras sin más compañía que el resoplar de las bestias. Con esas bestias, las de cuatro patas, me sentía seguro. De golpe, me acordé de la escena al entrar a la taberna, de Julio hecho un ovillo y gimiendo, y me volvieron, intactos, todo el rencor y la rabia.

A ciegas, tanteé hasta que mis manos tocaron la piel, suave y caliente, de uno de los animales. Calculé la trayectoria en la oscuridad, apunté la pierna en esa dirección y descargué una patada con todas mis fuerzas. Una patada como las que Julio había recibido. El mulo relinchó de dolor. Lo sentí cabriolear sobre las patas traseras. Brinqué hacia atrás, no fuera a ser que, al agitar las de delante, me cocease.

Luego, salí echando la tranca para regresar al calor de la taberna en busca de mi hermano.

—Ahí lo tienes —dijo la Pepa y me señaló a un Julio recompuesto y medio sonriente—. ¿Quieres tú también un caldito?

Negué con la cabeza. La Pepa, que no me perdía de vista, suspiró, abrió la boca como si fuese a decir algo, pero se lo pensó mejor. Tenía en la mano un trozo de pan mordisqueado con el que habría entretenido la espera y se le había quedado un pegote de miga encajado entre los dientes superiores. «O igual lo tiene ahí desde el almuerzo, pensé, y ahí sigue, un poco amarronado.» Cerré los ojos para no verlo y negué de nuevo, con más fuerza. Ella rebuscó dentro de la faltriquera y me alargó unas monedas, en pago por la ayuda en el transporte. Me las metí en el bolsillo, le hice un gesto a Julio, que soltó el tazón sobre la estufa y saltó del banco al suelo. Al Juanito no se le veía, había debido subir a acostarse.

—Adiós, pues —se despidió la Pepa—. Tráemelo mañana, para ver cómo sigue y mirar de ponerle un emplasto de hierbas en las heridas.

Hice un gesto con los hombros que ella no supo interpretar. Un gesto que lo mismo podía ser de asentimiento que de rechazo, ni yo mismo lo sabía. Salimos Julio y yo al frío de la noche y emprendimos la caminata hacia la choza.

Los andares de Julio, dificultosos de por sí, habían empeorado por el dolor y la inflamación causados por la paliza. Me di cuenta de que iba a ser tarea ardua el llegar a casa.

Caminamos en silencio. Me esforcé por ralentizar el paso para adaptarlo al de Julio. Con una mano, le cubrí los hombros, medio agarrándolo, medio protegiéndolo. Era noche cerrada. No se veía nada. Resbalaban las suelas sobre los guijarros. «Solo faltaría encima una caída», pensé.

—Matías…

—¿Te duele?

—Sí. No. Un poco aquí. —Y se señaló hacia la altura del vientre y de la cabeza, pero me era imposible ver el punto exacto.

—Matías…

—¿Qué?

—¿A que los bebés no son basura?

Un día, Julio me convenció para colarnos en la iglesia. Era domingo, la misa de doce estaba a punto de empezar y los vecinos entraban para ocupar las bancas según un orden no prescrito, pero que todos respetaban: los rentistas, la gente bien, acomodados en los bancos de delante, cada familia en el suyo, siempre el mismo; los jornaleros, agolpados entre empujones en los bancos de detrás.

Julio, que era la primera vez que pisaba la iglesia, fue avanzando con lentitud por el pasillo central, embriagado de golpe por el olor a incienso, por la música estridente del órgano desafinado que aporreaba el sacristán y que a él, sin embargo, le pareció que sonaba como el tintineo de las alas de los ángeles. Yo preferí quedarme de pie junto a la puerta, pero él vio un banco que estaba libre y allí se sentó, justo cuando la viuda de Nestares, beata de misa diaria, llegaba para encontrarse que en su banco, el banco reservado en la iglesia entero para ella, se había instalado un desharrapado enano y cabezón que, encima, le taponaba el paso.

Poniéndose de lado, la viuda intentó abrirse hueco para pasar, el rostro congestionado por la rabia y el disgusto, no tanto porque Julio se hubiese sentado en su banco, sino porque nadie le había hecho levantarse. Julio no se dio ni cuenta. Paladeaba una sensación de paz y recogimiento, mientras seguía, trascendente, los movimientos de don Eutimio en el altar, quien, de espaldas, levantaba los brazos en un gesto estudiado para que lucieran imponentes, al caer, los pliegues uniformes y alados de la casulla impoluta. Don Eutimio, con el órgano de fondo, comenzó a desgranar letanías en latín mientras Julio se dejaba mecer por el rito, tan solemne, tan bello, y alzaba hacia atrás la cabeza todo lo que le daba de sí el cuello. Mientras tanto, la viuda de Nestares arrugaba la nariz por el olor a pecado rancio que le llegaba del cuerpo mal lavado de Julio.

Pero Julio no le prestaba atención a la señora, sino que tenía la vista clavada en el gesto doliente del crucificado, con sus cinco llagas, y notaba un escozor en los ojos y un nudo en la garganta que lo situaban más allá del desagrado de la viuda y de las palabras mágicas con las que don Eutimio convocaba a los santos. Le dio la sensación de que la Virgen, desde su pedestal de piedra, hacía esfuerzos notorios por bajarse a secarle al hijo la sangre con su propio manto, y la pena que le nacía a Julio en el pecho era más grande, pero también más dulce a cada minuto, *per omnia saecula saeculorum*.

Terminada la oración, don Eutimio descubrió el cáliz destinado a la consagración, esbozó una genuflexión y, tomando la hostia que reposaba sobre la patena, la sostuvo entre el índice y el pulgar unos segundos. Luego, levantándola por encima del cáliz con ambas manos, la fue troceando, mientras musitaba el sacramento que habría de obrar el milagro de convertir la oblea en carne y en sangre el vino, *Domine non sum dignus*. A una señal del monaguillo, los fieles fueron formando fila en el centro de la nave. Don Eutimio empezó a distribuir la comunión, trazando, a cada comulgante, el signo de la cruz con un pedacito de hostia que enarbolaba por encima del copón, mientras repetía con voz profunda *Corpus domini nostri Jesu Christie* y el feligrés, de rodillas, abría la boca y la hostia desaparecía garganta abajo.

A esas alturas, Julio ya había comprendido, a fuerza de repetición, el sentido de las palabras: «El cuerpo de Cristo», y no sabía si creer tanta maravilla. Lo que don Eutimio estaba repartiendo eran trozos del cuerpo llagado del crucificado, el mismo que, en ese momento, traspasaba a Julio con su mirada suplicante. Enardecido, saltó del banco y se incorporó al final de la fila. La viuda, que hasta ese momento había pugnado por contener el aliento, pudo respirar por fin y no perdió tiempo en sentarse en el extremo del banco que daba al pasillo para poder impedirle el paso a Julio a su regreso. Y este, que ignoraba los misterios de la liturgia y que la comunión exige confesión previa, perdón de los pecados y propósito de enmienda, avanzaba arrebatado pasito a pasito, mientras la fila se iba reduciendo a medida que se acercaba al borde del altar sobre el que pendía el crucificado.

Llegó Julio, dobló las piernas como pudo hasta quedar de rodillas y cerró los ojos. Don Eutimio, la hostia consagrada sujetada apenas por la punta de los dedos, la bajaba ya para otorgar una nueva comunión, cuando vio quién era el penitente arrodillado a sus pies y negó, con los labios apretados. Julio, los ojos cerrados para sentir mejor el cuerpo sangrante y llagado que iba a recibir, abrió la boca, y don Eutimio volvió a negar con fuerza. Al cabo de varios segundos con las rodillas hincadas en los tablones del suelo y la boca anhelante y vacía, entreabrió Julio los ojos y vio cómo la hostia había desaparecido de la mano de don Eutimio, que la había devuelto a la patena, y cómo el sacerdote lo miraba, al tiempo que repetía el movimiento denegatorio de cabeza.

Tardó todavía Julio unos segundos en darse cuenta de que no habría cuerpo de Cristo para él. Se levantó y trastabilló un poco, pasillo adelante. Se oyeron unas risas, pocas, apagadas, mientras Julio agotaba el pasillo camino del pórtico. Antes de salir de la iglesia, se volvió desamparado hacia el altar, como si necesitase una última confirmación, y sus ojos toparon con la mirada benévola con la que don Eutimio lo bendecía, *Pax tecum*, en la distancia, trazando lentamente en el aire la señal de la cruz.

Cuando eso sucedió, aún estaba madre con nosotros, aunque nada le contamos para no apenarla. Todavía Julio no había alcanzado el nivel de deterioro al que llegó después y madre se las apañaba, mediante tratos inconfesados con el doctor Rusiñol, para que este pusiese su mucha o poca ciencia médica al servicio de mi hermano. Luego, falto de madre y de tratamiento médico, la cabeza de Julio comenzó a crecer de manera desmesurada, hasta tomar forma de globo, de esos que echan a volar en las ferias. No un globo perfecto, sino de forma abombada. Al tiempo, y cada vez más, se le fueron marcando en la frente y en las sienes unas venillas sanguinolentas, que se le multiplicaron, poco a poco, hasta formar una red tupida de líneas moradas, al modo de una telaraña que fuera a estallar, llevándose por delante piel y hueso. Día a día, mi hermano fue aumentando su apariencia de fenómeno de feria.

Los ojos se le hundían en las cuencas. O, al menos, eso me parecía a mí, incapaz de distinguirlos bien, cubiertos a medias por el abultamiento de la frente. Los dolores de cabeza se hicieron más continuos y persistentes y el cuello se le fue torciendo, impotente para sostener el peso. Y, sin embargo, él hacía todo lo posible por seguirme el ritmo: el pechito erguido, la cabeza inclinada hacia atrás, el bamboleo de las piernecitas al compás del esfuerzo por mantener el equilibrio.

Llegó la primavera, la primera a la que nos enfrentábamos los dos solos. El día amaneció frío y despejado, con un sol alto y redondo, con ansias de triunfo, doblegado, sin embargo, por el viento racheado que soplaba desde las crestas de la sierra. Dejé a Julio, que ya no andaba bueno, en la choza, con el fuego encendido.

—No te muevas ni salgas, a ver si te vas a poner peor. Tú quédate debajo de las mantas.

—¿Tardarás?

—No.

Antes de salir, cubrí su cuerpo, además de con la manta, con el otro jergón, para ayudar a que la paja conservase el calor durante más tiempo. Ese día, Julio tenía la cabeza más hinchada que de costumbre. Lo había oído quejarse y toser durante toda la noche. Hasta se había meado en el jergón, dejando en el aire un olor espeso a amoniaco añejo. Dudé si asearlo antes de marchar, pero me bastó una ojeada a su rostro cetrino, del color de la bilis, y al temblor acompasado del jergón, para desechar la idea. «La orina, al menos, lo mantendrá calientito», pensé. No me veía con ánimo para sacarlo de la casa, desnudarlo y sumergirlo en las transparentes y gélidas aguas de la poza. Hubiera sido como ejecutar una sentencia de muerte.

Dejé bien encajada la puerta de la choza al salir y, rodeándola, eché a andar a paso vivo, pradera a través, en dirección a las colinas que flanqueaban el río. Allí, pasado el manantial de la Condesa, después de trepar por un sendero un tanto escabroso, sabía que podría encontrar algunas matas de hierba de santa Isabel. Cuando a Julio le arreciaban los dolores, madre se los aliviaba haciendo hervir las hojas verdes y rizadas de la planta. Durante la noche, había buscado en las latas donde madre guardaba las hierbas, para prepararle un cocimiento, pero no quedaban.

Conforme andaba, noté cómo, poco a poco, mis piernas aumentaban el ritmo de las zancadas. Al calor de los rayos de sol que comenzaban a cobrar fuerza, al embate del viento que arrastraba aromas a sauce y a laurel, por un rato me sacudí de la cabeza a Julio, a los hombres del pueblo, a madre y al bebé. La mañana recién estrenada se me abrió generosa, regalándole vida a mis sentidos. Me agaché para arrancar una ramita de romero, froté las briznas alargadas entre mis manos y me las acerqué después a la nariz para recrearme con el aroma fuerte y limpio, al tiempo que notaba cómo su efecto balsámico me expandía los pulmones.

Las plantas de verbena, al otro lado de la colina, levantaban al viento sus espigas esbeltas, coronadas de flores blancas y malvas, y cubrían, como un campo morado, toda la ladera opuesta. Comencé a cortar tallos y a guardarlos en el zurrón. No necesitaba muchos, pero seguí a la tarea durante un buen rato. Se estaba bien trabajando al sol, sin pensar, recolectando, hasta que del zurrón, ahíto, comenzó a gotearme sobre el pantalón una tintura malva.

En el camino de vuelta, me detuve a beber en la fuente del Chorro. Junto al manantial, había unos restos de muros blancos que un día debieron ser, por la disposición, molino de agua, aunque yo siempre los conocí así, derruidos y dispersos, encajados entre el talud y el río. Solo se conservaba la primera fila de sillares que conformaba un cuadrado irregular, oculto un poco más a cada estación por las parras salvajes que se enroscaban alrededor y por el verdín que tapizaba la piedra. Estaba fresca el agua de la fuente, casi helada. Me sequé la boca con el dorso de la mano y ya iba a reemprender la marcha cuando escuché, cercano, un aullido que me dejó los pies clavados al terreno. Oteé alrededor y, más que ver, adiviné, más allá del muro arrumbiado, los restos de un pozo. No era más que un hueco, una sombra redonda que se abría en la tierra, rodeada de higueras y parras silvestres que, faltas de sustento vertical, extendían sus hojas sobre la tierra, atraídas las raíces por los restos de agua que intuían debajo.

Me acerqué al hoyo y espié con precaución el interior del hueco. Era un pozo estrecho, no demasiado profundo, cegado por un amasijo de arena, piedras y ramas secas. Dentro, en el fondo, había un galgo barcino. Lo habrían golpeado antes de arrojarlo al pozo. El animal estaba cubierto de heridas, alrededor de las cuales la piel se le levantaba en láminas secas, enroscadas, formando tiras como de cuero viejo, que dejaban al descubierto la carne revestida de insectos, arremolinados, zumbando en busca de alimento. Yacía de lado, las piernas de atrás recogidas, las delanteras torsionadas, dislocadas en una posición imposible, debió rompérselas al caer. Seguramente llevaba días agonizando. Apenas se movía, solo de tarde en tarde levantaba la cabeza y soltaba un aullido lastimero, un aullido de lobo ancestral y moribundo que erizaba el vello.

Me senté en el reborde del pozo con las piernas colgando al vacío y allí permanecí durante un buen rato, mirando hacia abajo. El galgo, como si me presintiera, se revolvió y torció el cuello hasta fijar sobre mis ojos los suyos, agónicos y vencidos. Escruté las paredes del pozo en busca de un hueco en el que encajar los pies, un asidero que me sirviese de apoyo para bajar en auxilio del animal, pero el paso del tiempo había destruido la antigua estructura de sillares. Apenas quedaban, aquí y allá, unas pocas piedras encajadas que sobresalían de la tierra. Por encima de una de ellas, me pareció distinguir un hueco. Estirando bien el cuerpo, quizás podría alcanzarlo y acertar a introducir en él la punta del zapato. Pero la siguiente piedra estaba casi dos metros más abajo y, entre ellas, solo tierra resbaladiza. Aun así, conseguí meter el pie, el cuerpo sobre el vacío, las manos bien asidas al reborde. Pero el verdín resbaladizo hizo que la suela se deslizase. Perdí el equilibrio y, con él, mi asidero. Durante un segundo, noté mi cuerpo caer. Mis dedos tropezaron con la rama baja de una higuera que colgaba sobre el pozo y, por instinto, la agarré con fuerza. Haciendo palanca con los brazos, me balanceé hasta volver a plantar los pies en tierra firme. No me era posible alcanzar el fondo sin una cuerda de la que ayudarme para intentar el descenso.

Pensé en correr hasta la choza, coger allí una soga y regresar a la carrera. No me llevaría mucho tiempo. Si daba con una rama sólida a la que poder amarrar la soga, podría alcanzar al galgo y subirlo conmigo. Y, de pronto, de la misma manera súbita en que me había asaltado la angustia, tomé conciencia de la inutilidad de mi empeño. Ni con soga: aunque pudiera bajar, ¿cómo treparía después de vuelta, con el galgo en brazos?

Resignado, me senté de nuevo en el borde del pozo a contemplar la agonía del animal. Abundaban los cazadores en el pueblo. Solos o en grupo, salían al monte a disparar al conejo o a la liebre —con suerte, un venado—, o a acribillar pajaritos con la escopeta de perdigones. Todos tenían galgos, algunos hasta cuatro o cinco, y cuando estaban viejos para la caza o heridos o con una pata torcida por una mala caída, se deshacían de ellos. Los ahorcaban colgándolos de un árbol o los despeñaban a un pozo. Mis ojos seguían fijos en el animal, que seguía intentando moverse, que quería revolverse y no podía, rodeado de una nube de moscas que se lo estaban comiendo. Llegó un momento en que se quedó sin fuerzas y ya solo aullaba, bajito y mortecino. Me consumía la impotencia ante el sufrimiento de ese animal que ya no estaba vivo, pero que tampoco conseguía estar muerto.

Un estremecimiento le sacudió el cuerpo, levantó la cabeza y, al reposarla de nuevo, sus ojos se quedaron fijos mirando a los míos. Unos ojos intensos, sufrientes. Aparté la vista. Unos metros más allá del pozo, divisé una piedra enorme, una de las que antaño habían sido base del molino. En dos zancadas, me planté junto a ella e intenté levantarla, pero pesaba demasiado. Fui hasta la higuera, arranqué una rama y la desmoché de hojas hasta dejarla convertida en un palo recio. Sirviéndome de él a modo de palanca, hice rodar la piedra y conseguí acercarla al borde del pozo. Con un empujón en el que concentré todas mis fuerzas, la precipité al interior de la sima. La piedra, certera, cayó sobre la cabeza del galgo, aplastándola con un golpe seco. Las dos patas traseras, las que no estaban rotas, se agitaron un segundo en el aire y, luego, el galgo descansó al fin, muerto.

Lancé mi palanca lejos, recogí el zurrón y, antes de ponerme en marcha, me froté los ojos. Sentía cómo me ardían, irritados. ¡Deslumbraba tanto el sol esa mañana fría...! Pestañeé rápido, me sorbí los mocos y eché a correr camino de la choza.

—Matías, ¿oíste llorar a los pájaros?

Así, cada amanecer. Al despertar, con las primeras luces, me lo encontraba sentado en el jergón, a medio tapar, atento a los sonidos del exterior. Según él, el amanecer era el momento del día que escogían los pájaros para llorar. Si no hacía demasiado frío, incluso salía al exterior para escucharlos mejor, y, cuando yo abría los ojos, la choza estaba vacía y Julio sentado fuera, sobre la tierra, la espalda apoyada en los tablones de madera, mojados por el rocío de la noche, el torso erguido, acechante, con la mirada brillante y una sonrisa febril en los labios.

—¿Oíste llorar a los pájaros?

—Los pájaros no lloran, Julio.

—Claro que sí. Es que tú no sabes oírlos. Hacen un sonido así —y remedó un susurro entre los dientes—, como si aserrucharan las alas entre sí, y luego levantan el vuelo y se lanzan hacia lo alto, y trazan círculos, con las alas extendidas, unos sobre otros. Y cuando ya no pueden subir más, abren el pico y dejan salir un sonido muy dulce que les nace de lo más hondo del buche, un llanto suave y triste a la vez.

—Los pájaros no lloran. A ver, ¿por qué iba a llorar un pájaro?

—Pues por lo mismo que nosotros, Matías, porque tienen pena. ¿Tú sabes lo que tiene que ser poder subir hasta lo más alto y sentirse impotentes de lo que pasa aquí abajo? Lloran porque solo ellos pueden ver toda la maldad, y todo el dolor, y también toda la ternura.

—Lloran de emoción, entonces, según tú.

—De emoción y de pena. Es como cuando se te cierra de pronto la garganta y ni siquiera sabes si ha pasado algo malo ni puedes ponerle nombre a la pena, pero sabes que tienes que llorar para que no te reviente el pecho, y entonces, las lágrimas caen solas y, al llorar, recobras la paz, y el llanto es a la vez triste y alegre, dulce y amargo.

—Sigo sin ver por qué habrían de llorar los pájaros.

—Ya te lo he dicho, Matías, por lo mismo que las personas. —Calló, como si se sintiera agotado, y quedó apoyado en la pared de madera, con los ojos cerrados.

—¿Te traigo pan, Julio?

—¿Sabes de qué me he dado cuenta, Matías? —me dijo abriendo los ojos y descansando la mirada sobre los míos—. De que tú lloras poco.

En ocasiones, inevitablemente, mis pensamientos se rebelaban y seguían un rumbo propio. Y cuando me daba cuenta ya era tarde, porque bullían incontrolables, enarbolando una letanía de preguntas a las que no podía dar respuesta, y que me llevaban al rencor. Un rencor inagotable y espeso que me apretaba el pecho y me nublaba la mente. Durante años, me aferré a aquella certeza de injusticia que me martilleaba las sienes, la moldeé y la hice mía hasta lograr que tomase los contornos de mi piel.

Entonces me parecía que sería bueno encontrar alguna respuesta que me explicase las razones de tanto sufrimiento, que supondría una base desde la que emprender un nuevo rumbo. Pero estaba equivocado. Los porqués no importan una mierda, Julio. Lo que realmente importa es lo que cada uno hace, empujado por ellos.

Hasta loca había en el pueblo. Paseaba su figura grandota de la mañana a la noche, incansable, calle va, calle viene, hasta recorrerse en el día varias veces el pueblo entero. Su desorbitada estatura hubiera servido para delatarla en la distancia, envarada como palo de Corpus, si no hubiera sido porque ella misma se encargaba de anunciar su paso con un murmullo bronco, interminable, la cabeza gacha, la vista perdida en el adoquinado, mientras relataba para sí un discurso de jirones rotos, recosido de penas y agravios añejos.

«Ahí viene la Blasa», decían en el interior de las casas, al escucharla pasar por la calle, y los más compasivos se santiguaban y recitaban una oración a san Simeón, patrón de los locos y los titiriteros. Pero tampoco faltaba algún imprudente que abría los postigos y le soltaba un improperio, o quien le arrojaba una castaña podrida o un higo seco, casi sin mala intención, solo por hacer la broma y ver cómo la Blasa detenía su caminar infatigable, levantaba la vista hacia la ventana de la que había partido el proyectil y soltaba «¡hijaputa!», o «¡cabronazo!», para retomar a continuación su letanía, como si la interrupción no hubiese tenido lugar, o como si un segundo le hubiese bastado para arrancársela de la cabeza.

A la Blasa también se la anticipaba por el olor. La precedía un tufo a sudor y a jugos vaginales que debían llevar años entremetidos en su piel. Por la noche, se acurrucaba debajo de uno de los bancos de la plaza Alta y allí dormía. Si la noche era fría, alguna vecina de buen corazón le echaba una manta por encima, caridad que ella ni percibía ni agradecía, extraviada en el sueño y en los vapores blanquecinos de la memoria.

La Blasa no tenía familia que la recogiese. El vagabundeo la había vuelto maliciosa, notaria inmisericorde de las miserias ajenas. Cuando se cansaba de andar, se sentaba donde le cogiese y extendía las piernas para que la sangre no se le recortase, según decía; y si le venía un apretón en la vejiga o el vientre, allí mismo hacía sus necesidades sin molestarse en levantarse ni en bajarse la ropa. Luego, los vecinos echaban un balde de agua y, si se ponía a tiro, baldeaban también a la Blasa, arrojándole el resto de agua fría que quedaba en los cubos, así fuese enero y el hielo y la escarcha cubriesen los tejados.

Si hacía buen tiempo y el sol calentaba, se sentaba en un banco de la plaza a rumiar sus discursos: «Míralo, allá va, de chaleco, para la misa, pero no se baña más que por Pascua florida y cría pelotillas como melones»; «Ese mató al sobrino para quedarse con las mulas y dijo que las bestias lo habían coceado»; «Mírala qué beata, pero cuando se casó llevaba barriga de tres meses, y lo coló por sietemesino». Historias truculentas que nadie sabía si eran o no ciertas, pero que no caían bien oídas en voz alta y que molestaban al pueblo entero. A veces, me dejaba caer junto a ella y pasaba el rato escuchando sus murmullos, a ratos ininteligibles, fascinado por la forma en que se retorcía sin tregua las manos sarmentosas.

Porque violenta no era, solo de palabra, y bastaba con alzarle la mano para que encogiese toda su estatura y convirtiese sus murmullos en gemidos asustados. Había quién contaba que cuando alguno del pueblo no tenía con qué pagar la puta o se le hacía largo el camino hasta la choza, se aliviaba con la Blasa, levantándole la falda en la oscuridad de cualquier rincón, y que ella ni cuenta se daba, perdida como estaba en farfullar su retahíla enristrada, para luego añadir ese nuevo despropósito, ese nuevo agravio a la sarta de reproches que desgranaba.

—¿Tú eres el hijo de la Asunción? —me preguntó la Blasa un día.

Y como yo no hice por contestar, reticente a trabarle conversación, se me volvió airada, y apuntándome con el índice, me gritó:

—¡A mí no me mientas. Tú llámame perra judía, y yo te contestaré que tu puta madre, pero mentirme, no me mientas, que ya me han mentido bastante!

Así que no me quedó más remedio que asentir con la cabeza.

—¡Mira que era guapa la Asunción! —exclamó. Y, a continuación, recuperó su habitual tono monocorde y empezó a desgranar—: La Asunción, que se perdió en el hueco de la leñera, el Rogelio fue quien la perdió cuando aún era mocita, y el hijoputa del padre no la casó, la echó de la casa. Pobrecita la Asunción, arrecidita en el frío de la noche, sin tener dónde ir…

Y así fue como me enteré de cómo madre había acabado en la choza, porque ella, a nosotros, nunca nos contó nada.

Una tarde no sé qué le pasó a la Blasa, que se plantó en mitad de la plaza, a guisa de pregonero, y, sin vergüenza ni prudencia, soltó en voz alta y estentórea todo su repertorio de quejas y acusaciones, con nombres y apellidos. Luego de eso, se la llevaron en volandas y la metieron presa por injurias y calumnias, y por escándalo público.

Durante meses se pudrió en la cárcel, aunque si uno se acercaba al ventanuco enrejado del calabozo se la podía oír —la voz distorsionada por los dientes que le habían roto— repitiendo su retahíla, ya sin malicia ni ganas de acusar, solo una sucesión de murmullos lastimeros enlazados en una inofensiva letanía que languidecía por gastada. Por sabida.

Con las primeras nieves llegaban los chamarileros, coincidiendo con la época de la matanza. Aparecían de improviso en sus carromatos y se quedaban según les empujase el clima, poniendo patas arriba la rutina del pueblo, que se volcaba en una fiesta improvisada. Los chamarileros coloreaban el pueblo de bullicio antes de que el invierno cerrase los caminos y los arrojase, subidos a sus carretas, hacia el sur. En pocas horas, montaban en las plazas unos toldos improvisados bajo los que desplegar su mercancía averiada. También había puestos de comida, en los que vendían turrón, guirlache y almendras garrapiñadas, a los que la gente del pueblo acudía, tras haber empleado la mañana en dar muerte al cerdo y lavar y rellenar sus tripas.

El viento, a esas alturas del año, soplaba recio y arrastraba, desde las cumbres de un blanco recién estrenado, una frialdad glacial que hacía temblar la sangre y descomponía los huesos. La inminencia de los meses de encierro que se avecinaban hacía que los del pueblo despreciasen el frío para acudir a los tenderetes arrebujados bajo varias capas de ropa, o con una manta sobre el cuerpo a modo de capa improvisada.

La última vez que vinieron los chamarileros ya llevábamos casi dos años de guerra y aislamiento. Ellos, en su incesante ir y venir, transmitían sucesos y despertaban corrillos donde se conversaba acerca de plazas caídas, de otras que resistían de milagro, de uniformes que avanzaban implacables y de nombres desconocidos de militares que nunca antes habíamos oído.

Las noticias se referían en voz baja, porque entonces aún estaban en el pueblo los milicianos, armados de fusiles, y, aunque decían luchar en nombre del pueblo, este no terminaba de confiar en ellos, pero no era cosa de ganarse su enemistad ni de llevarles la contraria. Era el tiempo en que Roberto vivía con nosotros, en que arregló, o hizo por arreglar, el tiro de la chimenea. Para nosotros, fue la mejor de las épocas. Porque, gracias a él, comíamos caliente, porque teníamos la esperanza del bebé en camino y porque, mientras Roberto estuvo allí, no hubo que saltar por la ventana de la choza al frío de la noche.

Aquel año, Roberto, excitado por la novedad, se empeñó en llevarnos al pueblo a disfrutar de la fiesta. Madre se negó, asustada; hacía años que no bajaba al pueblo, le daba miedo redescubrir los rostros de los que antaño fueron sus vecinos y reencontrarse con sus miradas a la luz del día. Roberto anduvo días detrás de ella, insistiéndole sin parar, un poco enrumiado ante su obstinada negativa. Y, de pronto, al cuarto o quinto día de mucho porfiar, en ese invierno que comenzaba a instalarse y a cubrir en el amanecer los alrededores de la choza de un manto de escarcha dura y persistente, cuando ya parecía evidente que los buhoneros no tardarían mucho en levantar el campo, madre dijo que sí.

Nos pasó a Julio y a mí un paño húmedo por la cara y los brazos, después de haber roto la capa de hielo que cubría la superficie del cubo. Mientras nos aseaba, Julio y yo aprovechábamos para salpicarnos el uno al otro, y madre hizo ademán de darnos un cachete, pero se detuvo riendo cuando vio cómo temblábamos, mojados y arrecidos. Con un peine, nos alisó los mechones rebeldes, nos calzó unos zapatos nuevos, conseguidos por Roberto no se sabía dónde y, satisfecha con la compostura de su prole, nos dejó acicalados y se alejó en dirección al río.

Volvió al rato, con la piel enrojecida y el cabello empapado y lustroso que descendía largo, pasados los hombros, hasta llegarle a la cintura. Se recogió los aladares en una trenza cruzada de sien a sien, y dejó colgar libres los mechones más largos, de puntas onduladas, sobre la espalda. Luego, se vistió con una falda marrón de tela gruesa y una camisa limpias y se cubrió los hombros con un mantón nuevo de lana, también regalo de Roberto. Cuando se acercó a la puerta, sonreía. Estaba hermosa madre aquel día, y sus ojos traslucían una felicidad desconocida.

—Vamos —dijo, y los cuatro nos pusimos en marcha.

En la plaza había un escándalo de voces y olores. Preso de la sorpresa y la excitación, agarré de la mano a Julio y nos aproximamos a un cercado en el que unas cuantas ovejas, perezosas y cargadas de lana, esperaban indiferentes a que las escogieran para ser compradas, mientras rumiaban de un montón de hierba agolpada en una de las esquinas del cercado.

Mientras tanto, Roberto y madre avanzaban por entre los puestos y, a su paso, se iba formando un silencio de miradas espesas, de desprecio antiguo y mal contenido. Madre reculó, tuvo un momento de vacilación, pero entonces Roberto se le acercó aún más, se le pegó hasta cubrir la sombra de ella con la suya propia, robusta y maciza, y le echó un brazo sobre los hombros. Madre apretó con fuerza el mantón, como si se lo quisiera incrustar en la piel, alzó la barbilla y siguió caminando, indiferente a la hostilidad ajena.

Cuando, un rato después, cansados de correr entre los puestos y hambrientos, fuimos Julio y yo a buscarlos, él le colocaba en las orejas unos pendientes de baratija que acababa de comprar en uno de los tenderetes. La buhonera, solícita, acercó a madre un espejo oxidado, con la luna llena de puntitos negros, para que comprobase lo bien que le quedaban. Ella miró complacida el reflejo que le devolvía el espejito sostenido por las manos de la buhonera, meneó un poco la cabeza y dejó que los rayos del sol poniente le arrancasen destellos a los aretes de latón. Entonces, madre, echando hacia atrás la cabeza dorada, plena de luz brillante y de alegría, soltó una carcajada.

Antes de que llegase Roberto había épocas en que pasábamos verdadera hambre. Épocas en las que, durante días, vete a saber por qué, los hombres del pueblo no acudían a la choza. Fuese por efecto de las homilías furibundas de don Eutimio o por falta de paga o porque se había perdido la cosecha, había semanas de penuria en que ninguno aparecía o, todo lo más, traía una gallina canija que no servía más que para hacer caldo malo.

Cuando el hambre atenazaba, madre se desesperaba, se tiraba de los cabellos y me mandaba a la amanecida a buscar setas al bosque: «Ten cuidado que sean de las que tienen forma de sombrilla o de corneto, no te vayas a confundir». Ya un día me pasó en que recogí un puñado de unas que engañaban, hermosas de ver, pero con unas manchitas moteadas que hicieron que nos pusiéramos todos malos, y madre tuvo que preparar un cocimiento que nos hiciese vomitar para sacarnos el veneno del estómago.

La primavera era la mejor de las épocas, porque se podía recurrir al bosque para que nos surtiese de comida. Se encontraban espárragos trigueros que crecían salvajes. Solo hacía falta llevar una navaja y cuidar de dejarle algunos brotes a la mata, para que pudiera seguir creciendo y pariera nuevos vástagos. De vez en cuando, encontraba también cebollitas silvestres, que requerían paciencia y fijarse bien, para reconocer los tallos que asomaban de la tierra, tan tiernos que se confundían con las briznas de hierba. O zarzamoras, aunque para cogerlas tuviese que desgarrarme la ropa y arañarme la piel. Y eso que ni siquiera me gustaban, por ácidas, pero Julio las devoraba hasta caer empachado.

Otros días trepaba a un árbol en busca de un nido y, si había suerte, me hacía con algunos huevecillos. Había días en que volvía con la cesta llena y otros en que entraba a la choza con la mirada clavada en el suelo y madre no me preguntaba nada, porque ya sabía. Pero hasta cuando la cosa se daba más bien que mal, ella se desesperaba porque decía que con eso solo no se podía uno sustentar, que necesitábamos carne, porque así Julio nunca se iba a poner bueno ni a mí iban a dejar de señalárseme las costillas. Esos días, madre no tenía más anhelo que el que acabase el día y llegasen los hombres, y rezaba porque el visitante de esa noche fuese el carnicero.

Aun así, no era una mujer triste. Casi siempre se esforzaba en poner buen gesto, aunque la desesperación se le marcaba en unos pliegues que se le acentuaban, paralelos, a cada lado de la boca, unos pliegues que aparecieron un día con disimulo y se quedaron ya allí, cada vez más profundos, semejantes a surcos en campo de labranza, y que la envejecían. «Muerta antes de que os vayáis a la cama con el estómago vacío», nos decía.

La mayoría de los días, los desvelos de madre no alcanzaban para llenar tres platos. Cuando eso sucedía, nos servía a Julio y a mí y echaba en su escudilla el sobrante, una porcioncita escueta, la mitad rasa de un cucharón, y afirmaba que con eso tenía bastante, que el ajetreo del día le borraba el apetito. Luego, se sacaba un seno y se lo ofrecía al bebé que se agarraba, ávido. Pero el pobre no alcanzaba a sacar suficiente leche. Cansado, soltaba el pezón y rompía en berridos hambrientos y lastimeros, mientras madre lo acunaba, balanceándose hacia atrás y hacia delante hasta que lo dejaba dormido.

En las noches de frío y humedad, en las que las toses y ronquidos de Julio se mezclaban con el hozar de los jabalíes en el exterior, yo permanecía en la oscuridad boca arriba, tumbado en el jergón con los ojos abiertos, mirando los rescoldos del fogón, y escuchaba la respiración de madre, que se iba haciendo cada vez más tenue, más apagada, casi inaudible, hasta que dejaba de oírla, y entonces sabía que se había quedado dormida y me ponía de costado, la cara vuelta hacia ella. Adivinándola en la oscuridad, terminaba por vencerme a mí también el sueño.

Recuerdo una noche en que no conseguía dormir, por mucho que me encogiese en el jergón o apretase los párpados. La humedad que rezumaba el suelo traspasaba la paja y me calaba los huesos, haciéndome tiritar, no sé si de frío o de tristeza. Me debatí en una duermevela agitada, alerta a los ruidos que llegaban de fuera, a los gritos que poblaban las pesadillas de Julio y al llanto débil y hambriento del bebé. Me estaba amodorrando cuando oí una respiración entrecortada, un sonido agudo como un hipido, que se escapaba de la boca de madre entre jadeos, un esnifar suave y lastimero.

—Madre, ¿duermes?

Me levanté hasta quedar en cuclillas a su lado y alargué la mano para rozar su cuerpo con mis dedos, pero madre no me sintió. Lloraba dormida.

Roberto llegó al pueblo una mañana de otoño, agolpado en la trasera de un camión junto a otros como él, la mayoría jóvenes, hombres que hasta el día anterior habían sido chiquillos, algunos de ellos con el rostro aún imberbe. Venían exultantes, los ojos brillantes, transfigurados, convencidos de haber sido elegidos para cambiar el mundo y de que este les quedaría agradecido por ello.

El camión de los milicianos llegó hasta la plaza Alta. Bajaron entre risas y jaleos, dándose empujones con la culata del fusil. Uno de ellos, el que parecía estar al mando, se subió al pretil de la fuente y comenzó a desgranar a voces, entre las miradas atónitas de la gente que, poco a poco, se iba congregando alrededor de los forasteros, un discurso que todos oyeron y nadie entendió.

El oficial, autoproclamado brigada, aunque no llevase uniforme ni distintivo de graduación, informó al grupo de caras curiosas circundantes que él y sus hombres habían venido a asegurar la paz, a traer la revolución, y que no se moverían de allí hasta que no hubieran expulsado a los fascistas del pueblo. Describió a los fascistas como ratas escondidas bajo sus camas que llevaban siglos chupándole la sangre al pueblo, a la gente como ellos, a los que trataban como a desgraciados destinados a deslomarse a su servicio. Pero no debían dejar que los sometieran como a siervos, porque, por el contrario, ellos eran la semilla del porvenir, los futuros herederos de la tierra, los que construirían con su esfuerzo una sociedad más justa, sin clases sociales, en la que se repartiría equitativamente la riqueza.

Eran las mismas palabras que llevaban tiempo oyendo de boca del Enrique, el hijo del tío Paco, así que la diatriba no les pilló por sorpresa. Las armas y los camiones, sí. La guerra era un eco convulso que tomaba cuerpo allende las montañas, pero que en el pueblo, acomodado al transcurrir monótono de los días, no se dejaba sentir.

La llegada de los camiones no alteró apenas el estado de las cosas. Cada uno continuó haciendo su vida y los milicianos, que eran gente ajena al pueblo, quedaron aparte, ocupados en jugar a los soldados y en seguir, a través de sus aparatos de radio, el curso, aún lejano, de las operaciones en el frente.

Lo que trajo a Roberto a la choza fue lo mismo que traía a todos. Lo que no sé es por qué se quedó; por qué no vino, echó un polvo y siguió con su vida, como hacían todos. Lo cierto es que las primeras noches sí que se fue después de haber acabado, pero una mañana abrimos la puerta y, al salir Julio y yo para ir al río, lo vimos sentado en el tocón renegrido de un roble derribado por un rayo en la última tormenta; inmóvil, reposado, sin despegar los ojos de la puerta de la choza.

Me quedé parado, sin saber qué hacer. No recibíamos visitas de hombres a la luz del día y, durante unos momentos, dudé entre coger a Julio de la mano y llevármelo al bosque o acercarme a él a preguntarle qué quería.

—¿Qué hacéis ahí parados? —resonó la voz de madre a nuestra espalda.

Me giré y la miré sin contestar, antes de volver la vista en dirección al tocón, hacia los ojos intensos, clavados en nosotros, de aquel hombre alto y torpe. Al sonido de la voz de madre, se había levantado, haciendo girar la gorra entre las manos, tan azorado como un niño. Al notar que no le respondíamos, madre se acercó intrigada y, al verlo, se quedó ella también parada, más sorprendida, creo yo, que nosotros. Durante unos segundos, todos quedamos inmóviles. Después, madre se secó las manos en el delantal, acomodó detrás de las orejas los mechones que le caían sobre la cara, y anduvo la distancia que le separaba del hombre con pasos cautos, indagadores. El único gesto de él fue una sonrisa que le descubrió las encías, sin dejar de retorcer la gorra, como un chiquillo pillado en falta.

—Te dije que vendría —le oímos decir. Madre meneó la cabeza, aturdida, y se sentó en el filo del tocón. Él se sentó a su lado.

Julio aprovechó para entrar en la choza y sacar unos mendrugos de pan y los dos nos sentamos a mordisquearlos en el suelo, junto a la puerta, para no perder detalle. Hablaban bajito y, desde donde estábamos, no se oía lo que decían, solo se le veía a él gesticular con mucho afán, como si pretendiese convencer, y a madre a su lado con el rostro reservado, que negaba con la cabeza. Él no despegaba los ojos de ella y, de cuando en cuando, hacía por rozarle una mano o una mejilla y ella, muy seria, negaba. Al principio con los labios apretados. Luego, la negativa se fue suavizando, al tiempo que las facciones se le dulcificaban. Los rayos de sol se colaban entre la hojarasca del madroño y caían sobre el rostro de madre, sobre su pelo, sobre las manos astrosas reposadas en el regazo. Fue en ese instante, mirándola, bañada por aquel nimbo de luz, que me di cuenta de que mi madre era una mujer hermosa.

No sé a qué componenda llegaron, pero Roberto se quedó. De la misma forma en que sus compañeros se instalaron en distintas casas del pueblo —algunas vacías; otras habitadas por familias que, de mejor o peor grado, los aceptaron como huéspedes—, él se quedó a vivir en la choza e hizo de ella su hogar. No volvimos a recibir visitas nocturnas, madre fue poco a poco recobrando una alegría serena que no le conocíamos, pero que le sentaba muy bien, y Julio y yo hasta engordamos un poco. Luego, llegó el embarazo. Muy de vez en cuando, como cuando acudimos a ver a los chamarileros, bajábamos al pueblo todos juntos, como una familia. En esas ocasiones, no me pasaban desapercibidas las miradas de odio soterrado de los hombres del pueblo, un resentimiento oculto que no necesitaba de palabras y que nos seguía, mudo, a donde quiera que fuéramos. Pero en aquel tiempo me sentía tan feliz que ese descubrimiento no me causó inquietud.

Hasta el día en que el brigada convocó a sus hombres para informarles de que la guerra iba mal, muy mal, y el frente estaba próximo. El descanso se había acabado y tendrían que luchar en defensa de la libertad y la revolución. Y Roberto hubo de marchar en el camión, llorando como un niño, y nosotros, los que habíamos de convertirnos en herederos de la tierra, herederos de los diez metros cuadrados miserables sobre los que se asentaba la choza, volvimos a quedarnos huérfanos.

2. Las heridas del pueblo

Paco tenía una afición que era más bien una extravagancia: coleccionaba sellos. Solo su extrema simpatía hacía que se le perdonase en el pueblo tal rareza. Ni él mismo hubiera sido capaz de acordarse del motivo exacto que hizo que le diera por ahí. Quizás porque, al ser tratante en granos y ganado, recibía mucha correspondencia de corredores y clientes. Había días en que el cartero municipal trabajaba solo para él. Una vez leído el contenido de los sobres, guardaba las estampillas porque le daba pena tirarlas. El primero que se decidió a guardar fue un sello de cinco pesetas, en el que figuraba un Studebaker, que formaba parte de una serie dedicada a automóviles. Paco, conforme le llegaba alguna carta con sello de coches, lo recortaba con mucho cuidado. Después, cogió la costumbre de hacerlo con todos, aunque no tuvieran más valor que el del timbre y la leyenda «Correos. Derecho de entrega».

Al principio, los guardaba en una caja de cartón, de esas que se emplean para almacenar zapatos, pero, cuando se quiso dar cuenta, ya la tenía casi llena. Así que compró un álbum, como aquellos que había visto en la ciudad, cuando acudía a cerrar tratos de ganado, de los que se utilizaban normalmente para conservar fotografías y, año a año, iba llenando páginas, pegando los sellos con mimo, sin olvidar añadir debajo de cada uno una pequeña leyenda de su puño y letra, alusiva al año, país y motivo de la serie. Con ocasión de sus viajes de trabajo a la capital, se aficionó a frecuentar una librería de viejo que era también tienda de filatelia y, poco a poco, fue ampliando la colección con sellos de otros países —tenía una serie de Paraguay sobre barcos que era digna de verse—, adquiridos a veces a precios tan exorbitantes que no se atrevía a confesarle lo gastado a Reme, su mujer. Con los años, terminó por contagiarle la afición a su hijo Enrique, un niño callado y de mirada intensa, que siempre tenía la cabeza metida dentro de un libro.

—De tal palo, tal astilla —comentaba Reme, sin perder el buen humor—. Raro el padre, raro el hijo. Qué le vamos a hacer. Me tocó ser la única normal de la familia.

Aunque, en el fondo, le llenaba de orgullo un hijo tan estudioso, tan sabido; y que el marido prefiriese pegar estampitas en un álbum y pasarse mirándolas las horas muertas, a que fuese a gastarse los dineros a la taberna.

La pasión de Enrique por los sellos superó pronto a la del padre. Empezó su propia colección. Se hacía enviar catálogos por correspondencia, de los que terminaba encargando tal o cual sello, que el padre pagaba contento, feliz de haber construido un mundo aparte para ellos dos, habitado tan solo por ellos y las colecciones de estampillas.

Enrique, a diferencia del padre, creció alto y enjuto, magro de carnes, solo piel y huesos. Su altura excesiva lo hacía desgarbado. Para disimularla, se acostumbró a encoger los hombros. Parecía cargado de espaldas, lo que prestaba a su figura una apariencia de timidez de la que en realidad carecía.

—No sé a quién salió tan flaco —se inquietaba Reme—. Aunque me esté mal el decirlo, en mi casa se come muy bien y su padre tiene una anchura de dos cuartas. Y a mí, ya me veis —y abarcaba con la vista el diámetro de su barriga, bajo el rodal del delantal—.

Pero un día, como de improviso, Reme comenzó a encoger. No fue una cosa llamativa al principio, más bien un qué raro, voy a tener que meterle de cintura a esta falda; un mira tú qué cosas, si este vestido antes se me pegaba al cuerpo y ahora parece que me baila en las caderas. Poco a poco, fue evidente que Reme mermaba. Se le chuparon los carrillos y de la piel del rostro le pendían dos bolsas, que colgaban desde las mejillas hasta las quijadas.

En dos meses escasos se fue —algún bicho malo la había roído por dentro—, y dejó desamparado a Paco, quien, a partir de entonces, estrechó aún más la relación con el hijo.

—Padre, no se le vaya a olvidar buscar mañana en la ciudad el sello de Pisa, que es el que me falta para terminar la serie de ciudades italianas.

Pero ese día, en la ciudad, a Paco le cancelaron una partida de varias toneladas de grano que tenía ya apalabrada, le pagaron por otra menos de lo que esperaba y cuando fue a por el sello, le pareció caro. Cuarenta y cinco pesetas le pidieron cuando su valor nominal, al cambio, era de siete.

—Tenga en cuenta que es una serie limitada y que este sello en concreto está muy demandado.

Hizo cuentas, restó los pagos que tenía pendientes, más lo que iba a costarle el autobús de regreso de lo que llevaba en el bolsillo, y decidió que el sello se quedaría para otro día. Igual, cuando volviese, hasta había bajado de precio.

A Enrique le dijo que se le había olvidado y la cara de decepción del muchacho le atormentó de tal modo que, pasadas pocas semanas, volvió a la tienda con las cuarenta y cinco pesetas listas para ser pagadas.

—Lo siento, pero el sello se vendió y la serie está agotada.

—¿Y no lo podría mandar a pedir? Mire que le llego hasta las cincuenta pesetas.

—No es cuestión de precio. Ya le he dicho que está agotado.

Así que Enrique se quedó con el hueco vacío en el álbum y un reproche rencoroso en la mirada cada vez que padre e hijo repasaban la colección y topaban con la página incompleta. Durante años, en secreto y sin confesárselo a Enrique, Paco escribió a todas las casas de catálogos y se personó en cuantas subastas de sellos tuvo conocimiento, aunque le supusiese hacer largos desplazamientos. Pero el sello quedó imposible de conseguir.

Al crecer, Enrique se fue volcando más en los libros. Si antes leía novelas, conforme la adolescencia fue quedando atrás, se sumergió en ensayos y manifiestos políticos. Ahora acompañaba al padre en cada visita a la ciudad y era él el que perdía las horas en las librerías, para regresar cargado de volúmenes, algunos de ellos extranjeros, que devoraba echando mano de un diccionario. Cobró afición a dejarse caer por la taberna, pese a no ser bebedor, y no bien comprobaba que tenía alrededor auditorio suficiente, se lanzaba a soltar unos discursos tremendos, de los que la concurrencia apenas entendía una palabra de cada cuatro; las suficientes para, poco a poco, irles metiendo en la cabeza la convicción de que eran seres libres, portadores de derechos inalienables que les pertenecían por el mero hecho de ser hombres; derechos que los burgueses harían todo lo posible por ignorar porque, para ellos, no eran más que carne de cañón mísera e ignorante, a la que robar el sustento, la dignidad, y hasta el alma.

Paco escuchaba al hijo con temor al principio, pero, conforme empezó a comprobar que algunos de los hombres, enardecidos, no perdían palabra, le fue ganando el orgullo por la inteligencia y el coraje de Enrique. Andaban entonces las cosas revueltas, eso bien lo sabía Paco, que veía y escuchaba lo que se cocía alrededor en sus periódicas visitas a la ciudad. En todas partes reinaba el descontento, proliferaban las huelgas, y los trabajadores se lanzaban a la calle un día sí y otro también en demanda de mejores salarios y condiciones de trabajo. Corrían rumores de revoluciones, de levantamientos. Los ricos no renunciarían a lo suyo sin presentar batalla y se decía que andaban en tratos con los militares. Se hablaba incluso de una guerra.

Cuando llegaron al pueblo las primeras noticia del levantamiento militar, Enrique entendió que el momento de poner en marcha la revolución había llegado. La finca de Los Madrigales era la mayor de las que rodeaban el pueblo, y a sus jornaleros reunió en el patio de su casa. Fueron llegando hoscos, desconfiados. Pero bastaron unas pocas frases para convencerlos de que, ahora o nunca, era el tiempo de defenderse y sacudirse el yugo.

—A partir de ahora, Los Madrigales pertenecerá a quienes la trabajan. Montaremos una cooperativa agrícola y el producto de vuestro sudor será para vosotros.

Los hombres asentían, esperanzados. Quien más, quien menos, ya se veía dueño de su trozo de tierra.

—Se acabó el tiempo de las palabras. Vámonos para allá a tomar posesión de lo que es vuestro. Y llevaos las escopetas, por si a alguien se le ocurre meterse donde no le llamen.

Los guardias llegaron a mitad de mañana. Alguien debió avisarles, porque acudió la dotación completa: dos a caballo y cuatro en una camioneta destartalada. Enrique había apostado en el camino, sobre una loma cercana al portalón de entrada, a Eulogio y al Bigotes, con el encargo de dar la voz de alarma si veían a alguien acercarse.

—Sobre todo, no hagáis nada. Solo corréis y me avisáis con lo que sea.

A la llegada de los guardias, estaban todos apercibidos y ocultos tras la tapia, con las manos aferradas a las escopetas. Los dos guardias que iban a caballo bajaron de las monturas y se situaron a ambos lados de la camioneta.

—A ver, cabrones, la habéis cagado —comenzó el sargento, adivinándoles tras el muro—. Salid todos despacito y con las manos en alto, que no os va pasar nada.

—¡No aceptamos órdenes de fascistas! —gritó Enrique, asomando el cuerpo a medias—. Es la hora de la revolución y las órdenes las da el pueblo. Dejad las armas en el suelo y marchaos. Decidles a los que os envían que el Comité de Trabajadores Agrarios se ha incautado de la finca.

—¿No eres tú el hijo del Paco? —preguntó el sargento, a quien la altura de la tapia no le permitía ver con claridad—. Anda, chaval, vuelve a los libros, que esto va a costarle un disgusto a tu padre. Y vosotros, los que estáis ahí dentro, atentos, que es la última vez que lo digo. Salid despacito...

El disparo le voló la mitad de la cara. Durante unos instantes quedó de pie, el asombro reflejado en el único ojo que le dejó la detonación, antes de dar unos pasos deslavazados y caer al suelo de bruces. El resto de los guardias salió a la carrera del vehículo, las armas en ristre. Como si el primer disparo hubiese sido una señal, los jornaleros abrieron fuego, todos a la vez. Los guardias, sorprendidos, no tuvieron tiempo ni ocasión de defenderse. Cayeron abatidos como liebres.

Cuando fue evidente que ninguno de los cuerpos que yacían sobre el suelo podía moverse, los jornaleros abrieron el portalón y se acercaron. Enrique se aproximó al sargento y le dio una patada en el costado para voltearlo, dejando al descubierto medio rostro terroso, manchado de arena, junto a la pulpa sanguinolenta que había sido el otro medio.

—Traed unas palas —decidió Enrique. Los jornaleros, agrupados tras él, tomaron en ese momento cuenta cabal de lo ocurrido. Obedecieron remisos, con desgana, apoyando el peso del cuerpo en el mango de las palas, sin perder de vista a Enrique, como si lo mirasen por primera vez.

—Allí —dijo, y adelantó el mentón, señalando la cuneta—. Cavad un foso y los metéis dentro. Las armas, nos las quedamos. Y en el pueblo, chitón.

—Pero preguntarán…

—Pues que pregunten. Aquí nadie sabe nada. A los guardias les entraría canguelo y huyeron en busca de las líneas fascistas. ¿Estamos?

Los jornaleros asintieron. Cavaron durante un buen rato. Luego, por parejas, agarraron los cuerpos, uno tirando de los pies y otro de la cabeza, y los arrastraron hasta la fosa.

—¡Enrique! —llamó el Bigotes.

—¿Qué quieres?

—Este, que todavía se mueve —dijo el Bigotes, señalando el cuerpo de un guardia joven, apenas un muchacho, que yacía junto a sus pies.

Enrique observó el rostro lampiño, el uniforme ensangrentado, y pudo ver cómo el pecho, bajo la guerrera, se levantaba un poco al compás de la respiración. Alzó la escopeta, la apoyó en la sien del muchacho y le descargó un tiro en la cabeza. Al estallido del cráneo, pequeños trozos de piel y cabello salpicaron las botas del Bigotes.

—¡Joder! —exclamó, saltando de golpe hacia atrás.

—Ya no se mueve —aseveró Enrique, y se alejó para vigilar la labor de los otros.

El Bigotes se acercó al cuerpo. Miró alrededor, pero no encontró ningún compañero cerca que le ayudase a tirar. El cuerpo del muchacho se veía delgado y, con la cara lívida bañada en sangre, aún parecía más liviano, como si fuera a levitar. El Bigotes se agachó y le registró los bolsillos. Una fotografía de mujer. La novia. No, demasiado mayor. Sería la madre. Volvió a dejarla donde la había encontrado y, de otro de los bolsillos, sacó un paquete de tabaco y un mechero de yesca. Chasqueó la lengua y se los metió en un bolsillo de su propio pantalón, descolgado y ancho, sujeto a la cintura por un trozo de guita. Luego, agarró con ambas manos las piernas del muerto y tiró con todas sus fuerzas para arrastrarlo hasta la fosa. El esfuerzo le hizo crujir los riñones.

—Sus muertos. Y parecía que no pesaba.

Nadie en el pueblo preguntó por los guardias. Los seis eran gente de fuera, llegados unos meses atrás, con el último relevo de la guarnición. El pueblo cubrió su desaparición con un manto de silencio, de la misma manera que sus cuerpos habían quedado cubiertos por paletadas de tierra.

En muchas de las familias había un jornalero; un padre, un hijo, un hermano, que se había unido a la cooperativa agraria fundada por Enrique. Mejor no preguntar, no indagar, no cerciorarse. Hay cosas que, una vez hechas, resulta preferible no hablar de ellas. Ninguno de los hombres que estuvieron allí esa mañana comentó ni siquiera con los propios compañeros, lo sucedido; a lo más, regresados a su casa, hundirían las cabezas en el pecho de sus mujeres, para quitarse al olor de sus carnes el otro acre de la muerte y, de paso, borrar el horror de aquellas seis muertes improvisadas que la revolución había dejado como regalo de bienvenida.

Cada noche, Carolina se metía entre las sábanas del lado derecho de la cama, se ovillaba de costado y aguardaba. Al cabo de un rato, la respiración del marido se pausaba, se enlentecía, tomando un ritmo profundo y pausado que degeneraba en un ronquido breve, suave, un ronquido como de no molestar. Entonces ella, segura ya de que él dormía, rompía en un llanto amargo que se acompasaba con el resuello del cuerpo junto al suyo, como un dueto de soledad y deseos incumplidos.

Había anhelado tener hijos con aquel hombre tranquilo, que no era guapo, ni alto, ni destacaba por nada, pero que, a su vez, nada le exigía; un hombre que no pretendía gobernarla, que la aceptaba tal cual era, y con el que había sido fácil desde el principio forjar una convivencia sin palabras. Sin embargo, después de varios años de matrimonio estéril, le atormentaba el convencimiento de que los dos morirían sin engendrar hijos que alegrasen la casa.

Al principio, se desesperaba en silencio, mientras intentaba dar con la causa oculta. Hasta recurrió en secreto a los servicios de la partera, que le proporcionó unas hierbas para preparar una pócima que favoreciese la preñez. Encerrada en el cuarto de baño, las piernas abiertas sobre el sahumerio, cuidando de no quemarse los muslos, sentía penetrar en su vagina los vapores que emanaban del infiernillo, fantaseando con lo que haría cuando tuviese a su chiquillo en brazos. Tras cinco meses de uso diario del cocimiento, tenía el pubis tan escaldado y escocido que hasta el roce de las bragas era un suplicio. Desechó el tratamiento por inútil y fue a exigirle cuentas a la partera, quien se defendió con vehemencia y, tras palpar cada rincón del cuerpo desnudo de Carolina, le certificó que era apta para la concepción. Después, le recetó un emplasto para que se lo pusiera en sus partes y calmase así el escozor de la piel resquemada. Conforme Carolina se vestía, la partera bajó la voz y le insinuó con discreción que la solución podía estar en buscarse otro macho que la preñara. Carolina, sulfurada y humillada, se despidió con un gesto brusco y no volvió.

A fuerza de obsesionarse, le dio por pensar que eran los ronquidos del marido la causa de su impotencia para hacerla madre. Cuando, a la noche, comenzaban, ella se acurrucaba a su lado y suplicaba bajito:

—Por favor, no ronques, te lo suplico, por favor te lo pido —al oído de él, perdido en el sueño y sordo a sus ruegos. Entonces, ella lo sacudía y susurraba un poco más alto:

—No ronques, no ronques.

Una noche, el marido despertó, sofocado al sentir la almohada apretada contra su cara. Asustado, comenzó a debatirse. Carolina, que sujetaba el almohadón con todas sus fuerzas, observó fascinada el debatir de brazos y piernas del marido y comprendió que, de no rebajar la presión, terminaría por asfixiarlo. Resignada, aflojó los brazos, soltó la almohada y lloró de golpe todas las lágrimas acumuladas por su deseo frustrado. Fue la única vez que le confesó sus obsesiones a un marido desconcertado, que aún boqueaba para recuperar el resuello. Cuando se hubo calmado, le echó el brazo a su mujer sobre los hombros y la atrajo hacia sí para sacudirse el miedo.

—Si Dios no nos envía hijos, será porque no quiere que los tengamos.

A Carolina no le quedó más remedio que rendirse a la lógica de la voluntad divina. El ansia dejó paso a la pena, y la pena a la resignación. Se consoló volcando su afecto en cuanto niño se plantaba ante sus ojos; sobre todo en aquellos dos, el chico delgado y serio que vivía en el bosque y su hermano contrahecho. Recordaba a la madre de mocita, cuando aún vivía entre ellos, antes de que la choza en los montes se la tragase, y se rebelaba contra la injusticia de un destino que a ella le había privado de hijos y, en cambio, los regalaba en abundancia a otras mujeres más indignas que ella, condenándolos a una existencia miserable. De ser suyos, esos dos niños habrían estado bien comidos, bien vestidos, bien cuidados.

En silencio, comenzó a odiar a aquella mujer que no merecía tener hijos, que con toda seguridad no los había deseado, y a la que Dios había ofrecido generosamente un don que a ella le había negado. A veces, el rencor le rebosaba por las aletas de la nariz, los cartílagos tensados al solo pensamiento de aquella puta que en ese momento debía estar dando de mamar a otro chiquillo —¡el tercero, por el amor de Dios!—. Pero, antes de resoplar y romper a maldecir, un resto de cordura le hacía sacudir la cabeza y extremar las atenciones con aquellos infelices, y les traía a la carrera un dulce desde la cocina o una chuchería, y les revolvía el pelo, para arrinconar así los malos pensamientos.

El día en que la madre de aquellos niños desapareció, le asaltó al pronto una sensación de culpabilidad, un cosquilleo de remordimiento mezclado con el alivio de comprobar que Dios, allá arriba, no se olvidaba de hacer justicia.

La aventura de la cooperativa agrícola duró dos años, el tiempo que les concedió una guerra que, al principio, parecía muy lejana pero que, poco a poco, fue acercando frentes y trincheras. No obstante, los tiros no traspasaron la sierra, que sirvió al pueblo de frontera protectora. Pronto, sin embargo, se fue haciendo cotidiano un retumbar que ya no sorprendía, que ya no hacía pararse a los lugareños para escrutar, sorprendidos, un cielo despejado de nubes en busca de tormenta que justificase aquellos truenos cada vez más cercanos.

Fue al calor del sonido remoto de los primeros obuses cuando llegaron los camiones de milicianos que se instalaron en el pueblo, y el frente se estabilizó durante meses, en los que pareció respirarse una paz recobrada. La vida transcurría indiferente y nada, excepto el leve estremecimiento que sacudía los cuerpos al escuchar el retumbar a lo lejos, hacía presagiar que sus vidas fuesen a variar, que la situación se voltease como un colchón que se orea al llegar el cambio de estación.

Enrique trabó pronta amistad con los recién llegados, quienes, a diferencia de los hombres del pueblo, no eran discípulos, sino iguales: camaradas, hermanos de convicciones y lucha. Con su apoyo y la persuasión de las armas organizó comités, cooperativizó negocios, expropió tierras y asistió feliz a la consumación de tantos proyectos largamente acariciados.

El día en que Roberto se subió al camión, los ojos cargados en llanto tras despedirse de Asunción y los niños, confiado en un pronto regreso tras la victoria final, Enrique no lo dudó. Agarró su escopeta, metió en un macuto dos camisas, algo de embutido y pan que encontró en la cocina, se apiñó junto a los otros en la trasera del vehículo y se despidió agitando la mano en dirección a Paco, que no comprendió lo que estaba sucediendo hasta que vio perderse el camión tras la primera curva que lo alejaba del pueblo.

Pasado el empacho de desconcierto y abandono de los primeros días, Paco volvió a refugiarse en los álbumes de sellos. No salía de la casa y se alimentaba a base de mordisquear restos olvidados en la cocina de una casa que nunca antes le había parecido tan grande ni tan vacía. Enflaqueció. Las bolsas de pellejo, arrugadas, le colgaban de los pómulos para ir en busca de la boca sumida, silenciosa. No atendía cuando llamaban a la puerta. Los vecinos sabían que seguía vivo por la luz que cada atardecer prendía en el salón cuando se sentaba a pasar las hojas de los álbumes. La claridad ganaba la calle cristal afuera, arrojando un haz rectangular que resplandecía sobre los chinos del pavimento, pulidos por los muchos años de soportar el caminar arrastrado de las abarcas y los carros, mientras las retinas de Paco, dentro de la casa, se detenían en los detalles de los sellos.

—Este se lo traje de Pamplona… —Y pasaba la hoja—. Este le gustaba por los colores… Empezó la serie de las bicicletas por el tiempo en que aprendió a montar en ellas.

Y así todas las noches, álbum tras álbum, hoja tras hoja, hasta llegar al hueco vacío del sello de Pisa, en el que los dedos se detenían, al tiempo que se le mojaba la cara en lágrimas. Se maldecía por no haber pagado aquellas cuarenta y cinco pesetas, por no haber regresado triunfante, enarbolando el sello entre los dedos. Cerraba los ojos y se veía entrar en la habitación del hijo, que lo miraba ansioso hasta ver cómo sacaba sonriente el sello, envuelto en celofán, bien agarrado entre el pulgar y el índice para que no se cayera, sin apretar demasiado para no dejar marca. Enrique se alborotaba, soltaba un grito de alegría y se le echaba encima para arrebatárselo y él elevaba el brazo, por hacerlo rabiar y por prolongar el momento, mientras el hijo le rogaba: «El sello, padre, el sello». Hasta que él condescendía en entregárselo y la cara de felicidad de Enrique le compensaba con creces el dineral gastado.

Paco fantaseaba entre lágrimas que le borraban los contornos de los cuadraditos satinados que tenía delante de los ojos, mientras apretaba fuerte los párpados para no dejarlas caer, no fuera a ser que mojasen los sellos. A veces, se le escapaba una, que caía indefectiblemente sobre el hueco vacío.

De vez en cuando, se consolaba hablando con el retrato de Reme, aunque a ella nunca le contaba penas, bastante tenía la pobrecilla con haberse muerto así, tan de repente, con haberse quedado de golpe huérfana de hijo y de marido. A Reme le contaba cotilleos que nunca habían sucedido, pero que él sabía que a ella le agradaría oír, curiosa como había sido con las vidas ajenas. «Reme, como bien, tantos años viéndote cocinar desde el hueco de la puerta, algo se me pegó. No te preocupes por mí, que hambre no paso y, aunque me veas más delgado, es por un resfriado que acabo de pasar; frío que cogí a la vuelta de un viaje.»

Pero ya no viajaba. Las mulas agonizaban en el establo, comidas por las moscas, los pesebres vacíos. «Anda, Reme, ríete un poquito, aquí, junto a mi oreja, hasta que los pelillos me hagan cosquillas. Mañana sin falta me los recorto, que sé que no te gusta que me asomen.»

Del hijo le contaba lo listo que era, cómo se había sacado el bachiller por correspondencia y que, nada más terminase la guerra, lo enviaría a Madrid a estudiar, así se gastase la última peseta; para que fuese médico o abogado o lo que él quisiera. La guerra no había de durar mucho, eso le aseguraba Enrique en sus cartas. Cuando llegase la paz, su hijo sería alguien importante, respetado. Paco no entendía de política, solo de granos, animales y tratos cerrados con la mano tendida y los billetes por delante. Esperando que llegasen los dorados días de la paz, le pedía a Reme que rezase para que Enrique volviese pronto, mientras le ocultaba los peligros, las malas noticias que llegaban de una guerra que ya estaba perdida, las balas que segaban vidas y el retumbar cada día más cercano de las baterías y los obuses.

Se lo trajeron cuatro meses más tarde. Un obús le había arrancado de cuajo una pierna y un brazo una noche de marzo en que la partida de milicianos se había refugiado en las ruinas de un caserío, para protegerse del relente y descansar los pies de los muchos kilómetros caminados durante el día. Un camarada de los del grupo, un extremeño recio, adusto, que hablaba ceceando y aspiraba las eses, había encendido un pequeño fuego. Enrique intentó convencerlo de la temeridad que suponía la luz de la hoguera en la noche, estando el enemigo tan cerca. Recibió dos empellones que lo alejaron de la fogata sin contemplaciones. Los milicianos tomaron partido por el extremeño y se burlaron de los miedos de Enrique.

En el frente, su ciencia y su labia le habían servido de poco. Sometido al silbar de las balas, se dio cuenta de que el terror lo paralizaba, dejándolo encogido y acuclillado en la trinchera, con la escopeta caída a los pies. En pocos días perdió el aura de la que había gozado en el pueblo y se vio postergado, blanco de burlas: «Con cobardes como tú, es por lo que perderemos esta guerra».

El obús aterrizó justo en el centro de la fogata y desperdigó miembros, trozos de cuerpos y cadáveres en varios metros a la redonda. Del extremeño no quedaron ni las trazas. A lo mejor fue porque a Enrique lo habían empujado fuera por lo que el impacto solo le alcanzó medio cuerpo y salvó la vida. En el aturdimiento de los días que siguieron, llegó hasta a agradecer su buena suerte. Los sanitarios lo trasladaron a un hospital de campaña, un antiguo matadero cuyas paredes carcomidas aún resistían a las bombas. Allí fue dueño y señor de un catre y de dos mantas y, por primera vez en muchos días, pudo dormir, pese al dolor y a las quemaduras. Una vez cauterizadas las heridas, comprobó con asombro que, ni la pierna, ni el brazo amputados le dolían. Solo de vez en cuando sentía un picor insoportable en el gemelo de la pierna desaparecida. La mano se le escapaba a rascarse, pero los dedos solo encontraban el vacío y, más arriba, el muñón irregular, truncado, desagradable al tacto.

Las enfermeras suplían la carencia de medicinas con amabilidad. Lo mimaban, le acariciaban el rostro, hasta llegar a sentirse como el héroe que nunca había sido. Por primera vez desde que subiera al camión, con las ilusiones y el cuerpo intactos, fue feliz. Si hubiera podido escoger, no habría regresado jamás al pueblo.

A Paco lo estremeció un júbilo salvaje cuando le llevaron a casa los despojos del hijo. Tullido, manco, macilento, apenas un bulto mudo sentado en una silla, pero su hijo al fin y al cabo, suyo y vivo. La guerra había sido compasiva y le había devuelto al hijo, sangre de su sangre, carne suya palpitada, y él sintió un agradecimiento puro y sin concesiones. Una y otra vez, cogía el retrato de Reme, le sacaba el polvo y volvía a colocarlo sobre la cómoda, de soslayo, un poco inclinado, para que la madre solo le viese al hijo el medio cuerpo bueno, y le decía, orgulloso: «¿Lo ves como no te he fallado? Aquí sigue tu casa intacta, con tu hijo y yo dentro, tal y como nos dejaste».

Enrique no hablaba, aunque los médicos habían asegurado que no había sufrido daño en la lengua ni en las cuerdas vocales. Paco estaba convencido de que el mutismo se le pasaría y que, poco a poco, recobraría a su hijo como era antes de montar en la trasera del camión.

Para entretenerle, le sacaba cada tarde los álbumes de sellos, le pasaba las hojas, demorándose, señalándole cada estampilla. Y cuando llegaba al hueco vacío, disimulaba, hacía como que el álbum se le caía y lo retomaba en la página siguiente. En una de esas ocasiones, Enrique le agarró el brazo y le señaló la casilla huérfana, sin decir palabra.

—Cuando la guerra acabe del todo, que ya poco le queda, viajaremos a la capital, Enrique. Este te lo consigo, por mis muertos que te lo consigo, aunque para pagarlo tenga que vender el corral entero con todos los animales dentro. Y no solo este, todos los que tú quieras. Empezaremos colecciones nuevas. Y libros, te compraré libros como para tapizar con ellos las paredes de la casa entera, y volverás a estudiar, que es para lo que vales. Podrás hacerte maestro o funcionario, o nada si tú no quieres. Te quedas aquí conmigo, leyendo por el gusto de leer, para que yo vuelva a oírte discursear todas esas palabras difíciles que aquí nadie sabe decir sin equivocarse. Pero de política, chitón, que mira lo que nos ha traído la política, y el sindicato, y la cooperativa, y la madre que los parió. A partir de ahora, vivir; solo vivir.

Enrique, durante los parlamentos del padre, resbalaba la mirada por los muebles, sin dar signos de entender ni de escuchar siquiera.

Los partes oficiales aseguran que la guerra terminó en primavera, pero hasta el final del verano no entraron las tropas vencedoras en el pueblo. No ocuparon las casas, sino que montaron un campamento a la salida, cercano a la tapia del cementerio. El primer día estuvieron a lo suyo, ocupados en clavar piquetas, en levantar tiendas de campaña y en cavar letrinas. El segundo día, al mando de un teniente delgado y fibroso, con un bigotito del grosor de una línea sobre el labio superior, destinado a subrayar su autoridad más que a ornamentar el rostro, las autoridades convocaron a los varones del pueblo en la plaza.

El teniente se había hecho traer uno de los sillones tapizados en terciopelo del salón del consistorio, un sillón de madera de dos brazos con asiento en rojo carmesí y, no bien se hubo retrepado en él, cobró jerarquía, ante la mirada atenta y nerviosa de los vecinos. Estaban todos, nadie se había atrevido a faltar; algunos habían acudido desoyendo los requerimientos llorosos de sus mujeres: «No vayas, échate al monte», «No digas tonterías, mujer, qué iba a hacer yo en el monte»; y rascaban medrosos el pavimento con la punta del zapato mientras escuchaban el discurso del teniente, levantando sin darse cuenta leves paletadas de polvo, finos granos de arena seca que volvían a posarse casi de inmediato, tiñendo de ocre el cuero del calzado.

Alineados detrás del teniente, las fuerzas vivas: don Eutimio, satisfecho; el alcalde, con mirada huidiza, temeroso de que le pidieran cuentas a él también; el médico, Rusiñol, inseguro de para qué estaba él allí ni de por qué le habían convocado. Y enfrente, la masa de hombres, las gorras en la mano, la cabeza descubierta en señal de respeto.

—A partir de ahora, ya sabéis: Dios, patria y trabajo —dijo el teniente—. Mucho trabajo para levantar este país y devolverle la grandeza que por destino le corresponde. Se acabaron las tonterías.

Los vecinos asintieron, mientras se miraban los unos a los otros. En los ojos, campeaba la desolación. Nada había cambiado. El puñado de hombres temerosos aguardó en silencio que llegase el final del discurso, el permiso para disolverse y volver a la azada, a los corrales.

—Pero antes hay una cosa que quiero averiguar. Al comienzo de la guerra, había aquí un destacamento de guardias: seis hombres, para ser exactos.

Los jornaleros se esquivaban la mirada, evitaban cruzarse los ojos. El alcalde, cauteloso, se aproximó a la silla, agachándose para que su boca quedase a la altura de la oreja del teniente. Le vieron susurrar unas palabras que nadie oyó. El teniente negó con la cabeza.

—Me dice el alcalde que se fueron de un día para otro, que en el pueblo se dijo que habían abandonado el cuartel para marchar al frente. Pero sabemos que no fue así. Uno de aquellos desgraciados, al que sus verdugos dieron por muerto, fue enterrado vivo. —Hizo una pausa que sirvió a la concurrencia para tomar conciencia de la enormidad de lo que se les venía encima—. El infeliz logró con sus propias manos remover la tierra, salir de la fosa y arrastrarse hasta la carretera, de donde lo rescató un carro que lo llevó hasta nuestras líneas. Medio muerto, comido por las fiebres, narró su ejecución y la de sus compañeros, antes de reunirse con Dios. No llegó a dar los nombres de los responsables. Por eso estoy yo aquí hoy. Sin justicia no puede haber paz.

Los hombres se removieron inquietos. Quien más, quien menos, la mayoría de los labriegos había formado parte de la cooperativa, aunque no todos habían participado en la muerte de los guardias. Pero todos recibieron agradecidos el reparto de las tierras de Los Madrigales, que se habían lanzado a labrar con la euforia salvaje del que nunca ha tenido algo a lo que llamar suyo. Los cráneos abrasados al sol comenzaron a devanarse los sesos mientras los cuerpos temblaban, con piernas que se habían vuelto de azogue, y ello a pesar del sol que se empinaba por encima del campanario y les achicharraba los hombros y los brazos.

—Seis hombres muertos. Seis leales a la patria. Y su patria clama justicia.

El hilillo de agua de la fuente se esforzaba en quebrar el silencio opresivo. Dos grajos graznaron desde lo alto del consistorio, uniendo sus desagradables chillidos al fresco caer del agua sobre el lecho de piedra blanca.

—¡Nombres! ¡Quiero nombres! ¡O juro por Dios que todo el pueblo pagará por ello!

A la noche, entraron en casa de Paco. El teniente seguido de seis soldados, uno por cada muerto. No se molestaron en llamar. Abrieron por las buenas, de una patada, y la puerta cedió sin resistencia porque la aldaba no estaba echada.

Aún no habían terminado de cenar. Paco arrimaba a la boca del hijo cucharadas de pan migado en caldo, mientras Enrique, ausente, se dejaba hacer. Seguía sin pronunciar una palabra desde su regreso, seis meses atrás.

Paco, sentado junto a él, hundía la cuchara en el tazón y la sacaba humeante, llena hasta los bordes de una sopa espesa, en la que el pan, empapado, perdía la solidez de la harina y se fundía con el líquido, formando una pasta en la que flotaban las cortezas. Para facilitarle al hijo la deglución, se acercaba la cuchara a los labios y soplaba, y luego la llevaba con mano temblona hasta la boca de Enrique. La mitad del contenido se derramaba por el camino e iba a parar a una servilleta que Paco sostenía en la otra mano y que hacía el recorrido paralelo a la cuchara, unos centímetros por debajo. Enrique abría la boca cuando la punta de la cuchara le apretaba los labios, sorbía y tragaba. Tragaba como si la garganta le funcionase con un resorte ajeno a la voluntad; tragaba por falta de fuerza para oponerse.

Los soldados entraron en tromba, con escándalo de pisadas y entrechocar de herrajes, con el teniente a la cabeza. Al pasar, tiraron el retrato de Reme, que cayó al suelo. Sonó un crujido de cristal roto y Reme quedó bocabajo, tendida sobre la baldosa.

No venían solos. Entre ellos, rodeados de uniformes, se encontraba un grupo de jornaleros, grises las caras, aterrados los ojos. Estaban Rogelio el Patatiesa, Camilo, Jonás, el Bigotes, Eulogio, y tres o cuatro más. Entre todos empequeñecieron en un instante la sala, mientras los soldados tiraban muebles y apartaban sillas. De un empujón, movieron la mesa para hacerle sitio al teniente, y el tazón de caldo salió volando, el rocío de gotas diseminado sobre las tapas de los álbumes de sellos, pisoteados en el suelo.

—El alcalde me ha contado no sé qué hostias de una cooperativa agraria, de una expropiación de tierras y no sé qué cojones más. Me ha dado los nombres de los que formaron parte.

Con un gesto del mentón, el teniente señaló al círculo de hombres apiñados, que con los hombros buscaban el apoyo de la espalda del compañero, rodeados por los soldados.

—Unos han delatado a otros y, tirando del hilo, todos coinciden en que el cabecilla era tu hijo.

Paco fue a hablar, pero un gesto del teniente lo detuvo.

—Contra ti no hay nada, de modo que estate calladito y no me toques los huevos.

Con un girar de talones, se volvió hacia la silla de Enrique:

—Así que eras tú el que le llenaba la cabeza de mierda a estos desgraciados —dijo muy bajito, arrimando la cara a la de Enrique, atisbando una reacción en sus pupilas indiferentes, en su rostro de muerto a medias resucitado—. Solo con eso ya tengo para fusilarte. Pero sigo teniendo un problema, y es que de lo de los guardias nadie suelta prenda. ¿Qué tienes tú que decir?

Una polilla se elevó desde la pantalla de la lámpara del techo y aleteó desorientada en busca de la ventana, batiendo las alas con un sonido monocorde, un runrún exasperado.

—¡Contesta, hijo de puta! —estalló el teniente, y le soltó un culatazo a Enrique en la sien que lo derribó de la silla y lo dejó inconsciente, desmadejado en el suelo, con un hilo de sangre brotando de la sien maltrecha. El teniente lo miró unos instantes, como si quisiera cerciorarse de que no fingía, de que de verdad había perdido el sentido—. Levantadlo, que nos lo llevamos con los demás al campamento. Este habla, por mis muertos que habla.

Acudían los soldados a apoderarse de Enrique cuando se adelantó Paco. Se cruzó por delante del hijo caído y logró que la voz le sonara serena y firme, ocultando el desespero por el que estaba dispuesto a hacer lo que fuese preciso para mantener la promesa hecha a Reme.

—Yo le diré quién dio la orden de matar a los guardias. Mi hijo es un pobre enfermo, hace meses que no habla. Da igual que se lo lleve, no le dirá nada. No sé qué le habrán contado. Pero en el pueblo es sabido quién comandó la masacre.

El teniente calló, expectante. La polilla, desesperada, agotada de sus aleteos infructuosos, se posó un instante en el respaldo de un sillón y uno de los soldados la aplastó de un manotazo.

—Fue uno que vino de fuera. Roberto se llamaba, no sé los apellidos. —Los rostros de los del pueblo, hasta entonces congelados, parecieron animarse. Se dejaron oír unos murmullos, los cuellos se movieron de arriba abajo, todos asentían.

—¿Y dónde está ese Roberto?

—Marchó del pueblo. Fue al frente, con los milicianos. Que yo sepa, no ha vuelto. Vivía con una mujer del pueblo, fuera, en una choza en el bosque.

El grupo entero se puso en marcha de inmediato. El teniente, puntilloso, exigió a los hombres del pueblo, antes de ponerse en marcha, que corroborasen la historia. Todos se apresuraron a confirmar las palabras de Paco.

Roberto, había sido Roberto, ninguno de los del pueblo habría sido capaz de esa atrocidad, conocíamos a los guardias, ¿qué motivo habríamos de tener para matarlos?, nunca nos hicieron nada malo, aquí convivíamos todos en paz. Lo de la cooperativa fue una gilipollez, las tierras se agostaban, hacía meses que el administrador no acudía, por eso nos metimos en ellas; teníamos que comer. Pero el que mató a los guardias fue Roberto.

Poco a poco, se iban animando, se robaban unos a otros las palabras de la boca, todos querían hablar: «No queríamos quedarnos con las fincas, bien sabíamos que nuestras no eran, aquí no sabemos nada de guerras ni de fusiles, fueron los milicianos los que vinieron a malmeter, ellos nos dijeron que las fincas, según la nueva ley, no tenían dueño, que aprovecháramos para cultivarlas, y allá que nos fuimos, sin saber lo que iba a pasar».

Cada uno asentía a lo que decían los demás y, conforme pronunciaban las frases de la delación las hacían suyas, pasaban a creérselas sin vacilaciones, las convertían en verdad. Del discurso de todos surgió una verdad más propicia que la verdadera, puesto que supondría su salvación. El teniente escuchaba en silencio, fumaba, asentía furioso, se enlazaba las manos a la espalda.

Cuando marcharon, dejando atrás la casa destrozada, solo quedó Paco agitando el cuerpo inerte del hijo tirado en el suelo, que no despertaba.

3. Los hermanos

Lo natural hubiera sido oír algo. Porque aquella noche el aire estaba lleno de sonidos. Los carbones chisporroteaban dentro del fogón, y la luz roja de las brasas nos bailaba en los rostros, consolándonos del frío de la noche. Corrían los primeros días de octubre. El sol abrasaba aún en mitad del día pero, a la noche, arreciaba un aire inclemente y traicionero, que encontraba la forma de colarse por las grietas de entre las paredes de la choza, por más que las cubriéramos con trapos. La leche, puesta a calentar en la olla de latón, lanzaba un borboteo monótono y creciente, buscando escaparse del borde gris del recipiente, presta a rebosar y ensuciar con su espuma nívea la plancha.

—Vigila el fogón, Matías —me pidió madre—, que la leche no se derrame.

El bebé chasqueaba la lengua, gorjeaba sin parar, arrancándonos la sonrisa. No se sabe por qué tienen ese poder los críos, quizás porque sus sonidos son los de la felicidad pura, los de la inconsciencia que no conoce problemas más graves que la punzada del hambre cuando la leche no llega, o el escozor del culo cuando se demoran en cambiarte el pañal. El bebé gorjeaba y, a la par, agitaba sus manitas, los puñitos apretados, sin dejar de balbucear con un sonido nasal, a algo así como «engué» y, de pronto, cambiaba a los agudos con un gritito alegre y estremecido, una exhibición de lenguaje dirigida a nadie en particular, lanzada a quien la quisiera recoger.

Julio llevaba semanas empeñado en enseñarle a hablar. Todas las noches se le acercaba a la cuna quedito y le hablaba mirándole a los ojos, cuidando de pronunciar claro, de marcar muy bien los sonidos: «Mamá, mamá», a la par que se la señalaba con el dedo índice muy tieso, para que el bebé no fuera a equivocarse. En realidad, mi hermano deseaba que la primera palabra del bebé fuese «Julio», pero le convencí de que era muy difícil para el bebé salir de buenas a primeras soltando esa jota y además dos vocales juntas. Había que empezar por una palabra sencilla, una sílaba fácil que, más que sílaba, es un apretar de labios repetido. Y Julio cambió la lección a «Mamá, mamá», y se la repetía una y otra vez, más aplicado el profesor que el alumno, hasta que nos mareaba los oídos.

El bebé, la mayor parte del tiempo, estaba a sus cosas: a sus gruñidos, a sus gorjeos, a su agitar de brazos y piernas, aunque alguna vez algo en el tono de Julio atrapaba su atención y se lo quedaba mirando fijamente, y entonces apretaba los labios uno contra otro como queriendo imitarle, sin que al final lograse gran cosa más allá de un sonido gutural que se le perdía entre los labios prietos. Sin embargo, Julio aplaudía, le hacía alharacas para animarlo, y el bebé reía y con la risa se olvidaba al punto de la palabra propuesta; y Julio, sin desalentarse, recuperaba la seriedad, se armaba de paciencia y volvía a empezar.

Sí, esa noche estuvo llena de sonidos: el crujir de los carbones, el borboteo de la leche, los balbuceos del bebé, los esfuerzos fonéticos de Julio y el canturreo con el que madre acompañaba la labor de remendar nuestro vestuario, los ojos fijos en la aguja. Quizás precisamente por eso, porque mis oídos estaban enganchados en todos aquellos sonidos domésticos, cercanos, familiares, no alcancé a percibir nada más.

En una de las subidas y bajadas del brazo armado de aguja y dedal, madre se quedó de pronto muy quieta, como congelada, el brazo que subía detenido a medio camino. Fue como si, de golpe, se fraguase una tristeza densa, como si el aire se espesase, como si, entre las motas de polvo, la claridad danzante de las brasas y las ráfagas de viento fugitivo, se condensase un olor a peligro que la pusiese en guardia. Porque oírse, fuera, no se oía nada.

Madre lanzó a un lado la prenda recosida, que quedó hecha un gurruño a sus pies, se levantó de un brinco y anduvo con paso quedo hasta la ventana. Fue abrirla y, al instante, el aire frío, al que con tanto esfuerzo habíamos impedido la entrada, se enseñoreó de la choza.

—Matías, ven, has de salir rápido.

Obedecí en silencio, salté el pretil del ventanuco y esperé del otro lado. Ella tironeó de Julio, que se resistía a abandonar su lugar junto a la cuna, lo izó por encima de sus hombros y lo recibí en mis brazos. Ahora sí oía el pisar de muchas botas, el roce y el crujido del caminar de varios hombres que se acercaban a paso vivo, tan cerca ya que podía distinguir sus voces, aunque hablaban en susurros. No era el andar pesado de borracho al que mis oídos estaban acostumbrados, no era el caminar determinado del que viene para saciar la urgencia del sexo, sino un entrechocar metálico, una marcha acompasada. Dejé a Julio en tierra y me volví con los brazos extendidos para recibir al bebé.

—No hay tiempo ya —susurró madre, negando con la cabeza.

Se oyeron de inmediato unos toques en la puerta, que eran más aviso que llamada, y solo le dio tiempo a girarse mientras, con la mano derecha tras la espalda, nos hacía señas para que nos alejáramos. Entonces, la puerta se abrió de golpe. Agarré la mano de Julio y eché a correr, llevándolo casi en volandas. Ganamos la arboleda sin aliento, inmunes al frío que escarchaba la hierba bajo las suelas de nuestros zapatos. Senté a Julio, le acomodé la espalda contra un tronco y lo cubrí como pude con varias frazadas de ramas secas que no habían terminado de perder las hojas. Julio temblaba y tenía los labios amoratados.

—Quédate quieto e intenta dormir. Solo será un rato, hasta que acaben. Voy a volver a ver si puedo coger una manta —le mentí.

Julio asintió, amodorrado, las fuerzas vencidas por el frío, y se hizo un ovillo bajo las ramas. Me di la vuelta y corrí, deslizando los pies para no hacer ruido, de regreso a la choza. La ventana seguía abierta, se oían las voces de hombres que gritaban. Me aposté bajo el pretil, buscando una de esas rendijas molestas por las que se colaba el viento, para pegar los ojos y poder ver.

A la choza entraron solo el teniente con dos de los soldados. Los otros se quedaron fuera, rodeando a los hombres del pueblo, la puerta abierta, los cuerpos agolpados junto a la entrada. Ignoraba qué hacían allí los lugareños. Pegado al resquicio, aterido de frío y de miedo, mis pupilas espiaban el andar del teniente, arrogante, imperioso. Cojeaba un poco el teniente, o sería el piso de la choza, con sus bultos y sus pequeñas hondonadas, que hacían que se le fuera un poco el pie y, para compensar, todo su cuerpo adoptaba una rigidez, una tiesura que quería ser marcial, pero que se quedaba en un caminar ridículo.

Y mientras iba y venía, no paraba de gritar. El teniente exigía a voces a madre que delatase a Roberto, que le descubriese su escondite y ella, sumisa, la cabeza gacha del que nada bueno espera, contestaba que nada sabía de él desde hacía muchos meses, que había marchado al frente y que no había vuelto a tener noticias suyas. El teniente parecía no prestar atención a las respuestas, volvía a ladrar las mismas preguntas a gritos, y dejaba después unos segundos de pura fórmula antes de arreciar de nuevo con la misma inquisitoria. Su cara estaba cada vez más cerca de la de madre, cada vez más alta la voz. Llegó un momento en que madre renunció a contestar, solo movía la cabeza de un lado a otro, negando con la barbilla hundida en el pecho en un recorrido oscilante de derecha a izquierda, de izquierda a derecha, el cuello rígido. Por un instante, pensé que se le iban a descoyuntar los músculos del cuello de tanto decir que no.

—¡Di la verdad, carajo! —gritó el teniente fuera de sí. La rabia le había arrebatado la marcialidad. Con la última sílaba, se le escapó un gallo que cuadraba mal con la virilidad del uniforme, del correaje, del arma que blandía en la mano—. ¡Lo tienes escondido en el monte, puta del demonio! —Y abofeteó a madre con tal fuerza que la tiró de espaldas.

Entonces, el bebé despertó y rompió a llorar, con unos berridos asustados que hicieron respingar al teniente. Se dio la vuelta, como si fuera consciente por vez primera de la cuna, del olor a meados y a leche agria.

—¿Y esto? —preguntó a madre, que se levantó de golpe e intentó acercarse a la cuna, pero uno de los soldados le cruzó el fusil en el camino y le impidió el paso.

—Mi hijo…

—¿Tuyo y de ese hijo de puta?

Madre asintió, bajó de nuevo la cabeza, en la esperanza de que su sumisión aplacase al oficial, mientras la mirada se le iba desesperada hacia la cuna. Lloraba mucho el bebé, cada vez más fuerte, y a mí se me desbocó el corazón, que me palpitaba de miedo a cada balido proveniente de la cuna. El bebé sonaba como un cordero al que estuviesen desollando vivo. «Cállate —susurré—, cállate, por Dios», pero el crío del demonio no me oía y redobló el llanto. Un llanto que parecía querer romperle los oídos al teniente, a madre y hasta al pueblo entero.

El teniente fue hacia la cuna, apartó la mantita y, con una sola mano, agarró al bebé por los tobillos. La cabeza le colgaba hacia abajo, mientras braceaba en el aire, el rostro congestionado por el llanto.

—Así, pues, ¿no piensas decirnos dónde se esconde tu hombre?

—Le juro que no lo sé —murmuró madre, casi de puntillas; los pies se le iban solos hacia donde estaba el teniente con el bebé, pero la barrera del fusil cruzado frente a ella le impedía avanzar.

—Muy bien —dijo el teniente—. Pues si no damos con el padre, tendremos que conformarnos con el hijo—. Y echando el brazo atrás, con un golpe rápido de muñeca, le estampó al bebé los sesos contra la pared.

Cerré los ojos y, durante unos instantes, me golpeó el silencio. Ya no había más llanto, solo el ¡crac! seco del cráneo del bebé al romperse, que se me repetía en los oídos una y otra vez. Luego, sonó un aullido, como si los lobos hubieran bajado del monte. Abrí los ojos y vi a madre de rodillas, abrazada al cuerpo de cabeza rota, la cabecita con una grieta en el cráneo por la que salía un líquido oscuro, la carita amoratada con las facciones borradas. Madre se levantó de golpe, abandonó el cuerpo muerto sobre el suelo y se lanzó con las manos por delante, sin dejar de aullar, a arañar el rostro del teniente, a patearlo y a golpearlo a como diera lugar, hasta que los dos soldados la redujeron a culatazos, en una lluvia de golpes que rebotaban blandos contra su cuerpo derribado en el suelo sin que por ello dejase de aullar, a pesar de la boca ensangrentada y los dientes partidos.

—Ya no tenemos más que hacer aquí —mascullό el teniente a sus hombres.

Las uñas de madre le habían abierto un surco rojo que le bajaba desde el ojo hasta el mentón. Cogió el trapo que madre utilizaba para secar los cacharros y restañó con él el hilo de sangre que le cruzaba la cara. Luego, con el mismo paño, se secó la frente, dejándose dos churretes rosáceos encima de la ceja izquierda.

—Nos volvemos al campamento —anunció.

Al llegar a la puerta, miró a los hombres del pueblo, testigos de la escena.

—He terminado con ustedes. Pueden volver a sus casas, son libres. Con una condición. Ocúpense de esta mujer. ¿Me han entendido, verdad? No quiero volver a verla, no quiero volver a saber de ella. Es cosa suya cómo me solucionan el problema.

Dentro de la luna hay un hombre. Al principio, no se le ve, pero si te paras a escudriñar largo rato, con detenimiento, las manchas cobran forma y se distingue con nitidez su figura, la espalda cargada, un fardo, un haz de leña quizás, sobre los hombros. Solo se le puede distinguir las noches de luna llena, pero sé que el resto del tiempo sigue ahí, escondido en el círculo de oscuridad, aguardando que su cobijo cobre redondez y gravidez para pregonar de nuevo su triste destino de porteador eterno.

De pequeño, madre me enseñó a saludar a la señora Luna para conjurar a la buena suerte: «Dios te bendiga, Luna, como crece tu cara, crezca mi fortuna», y se llevaba una mano al corazón y la otra al bolsillo. Yo repetía la fórmula de manera maquinal, sin creer en el efecto mágico de las palabras. Sería por eso que a mí no me llegaba la paz que a ella se le reflejaba en el rostro.

Me angustiaba no conocer al hombre prisionero ni saber el porqué de su castigo. Estaba convencido de que el único objetivo de su eterno caminar por el cielo nocturno era lanzarme la súplica muda de que le ayudase a compartir su carga, y me desesperaba mi impotencia para aliviar su sufrimiento.

Solo con Julio compartí mi inquietud en las noches bajo los árboles, cuando nos acompañaba la luna llena. Con el transcurrir de los meses, tras la marcha de Roberto, desalentado al comprobar que no regresaba, me dio por pensar que era él el hombre atrapado dentro de la luna tramposa.

Julio meneaba la cabeza:

—Deberíamos buscar a Roberto en los cementerios —me dijo, con esa lucidez absurda que exhibía en los momentos más inesperados.

Pero yo me aferraba a mi pensamiento, me consolaba la idea de que, si Roberto era prisionero de la luna, un día, quizás, lograría escapar y nos lo encontraríamos de nuevo sentado sobre el tocón enfrente de la choza, cuando regresase para arreglar de una vez por todas el tubo de la chimenea, para tapar las rendijas por las que se colaba el viento, para ponerle nombre al bebé y para comprarle a madre otro chal nuevo.

La noche en que se llevaron a madre la luna exhibía su redondez excesiva, su luz hiriente, mientras el teniente y los soldados se alejaban y un grupo de hombres entraban a tropel en la choza y rodeaban vacilantes el cuerpo de madre. Solo esa noche comprendí lo equivocada que había estado ella al invocar a la señora Luna. Más le hubiera valido invocar a Roberto que era quien, con su esfuerzo, hacía caminar al astro por el cielo.

Dos de los hombres agarraron a madre por debajo de las axilas y tiraron de ella. Me froté los ojos, cambié de posición para intentar ampliar mi campo de visión, para intentar distinguir las caras, pero la rendija era baja y estrecha, y las lágrimas me cegaban. Tanta luna, tanta luz fuera y, dentro, tanta bruma. Vi zapatos que daban contra el cuerpo del bebé al pasar, vi suelas desgastadas que pisaban los bordes de su mantita. Había quedado allí arrojado como un despojo, un desperdicio que alguien hubiese olvidado tirar.

Entre varios tiraron de madre y la arrastraron hacia fuera, mientras ella se debatía, los insultaba, los maldecía a gritos. Lo último que vi de ella fueron sus talones desnudos, que se clavaban en el suelo como si quisieran horadarlo. Se la llevaron a rastras mientras ella, que sabía que ya estaba muerta, desgranaba unas maldiciones terribles que resuenan en mis oídos desde entonces. Los hombres callaban. Solo se oían los aullidos de madre, cada vez más amortiguados, y el ulular de los búhos. Pasó un rato, no sé cuánto, en que seguí agazapado, los ojos clavados a la madera de la rendija, aunque ya nada había que ver. Cuando estaba empezando a ponerme en pie, oí en la lejanía la voz de madre que nos llamaba a Julio y a mí a gritos. Entonces, aterrado, me acuclillé de nuevo y lloré. Esa fue la última vez que oí su voz.

Cuando estuve seguro de que la oscuridad y la distancia se habían tragado las voces y que el silencio había vuelto a enseñorearse de la noche, entré a la choza. Mientras las pupilas se me acostumbraban a la frágil luz que se colaba desde el exterior, la luna, tan implacable un rato antes, no ofrecía ahora más que unos pocos rayos débiles y velados, mortecinos, que ni iluminaban ni daban consuelo.

Busqué casi a tientas para dar con algo que me permitiese tapar al bebé; para hurtarle a mis ojos la visión de su cabeza agrietada, de su cuerpo tumefacto. Mis manos dieron con una tela rugosa que reconocí: era el paño de cocina. Lo arrojé lejos de mí con asco. Algo que el teniente hubiese tocado no, cualquier otra prenda, aunque hubiese de quitarme mi propia ropa y amortajarlo con mi camisa.

Dentro de mi pecho cabalgaba un músculo insensato que, empeñado en un galope incontenible, me golpeaba las costillas, intentando escapar, impidiéndome pensar. Recordé entonces las sábanas del jergón y tiré de una de ellas. Cerré los ojos y, con los párpados apretados, rodeé el cuerpecillo frío con aquel trozo de tela destinado a cobijar sueños. Enrollé la sábana sobre su cuerpo varias veces, mientras sentía cómo mis manos se impregnaban de un líquido grumoso. Apreté bien la mortaja y restregué los dedos contra la tela antes de darle una última vuelta, para limpiarlos de la sangre. Luego, abrí los ojos y me senté a pensar en qué hacer con el cadáver del bebé.

No me atrevía a sacarlo de la choza. Aquel rectángulo diminuto de paredes de madera era el único hogar que había conocido. La recorrí con los ojos en busca de un instrumento con el que cavar, pero solo vi paredes desnudas.

Recogí el jergón de la izquierda, el de madre, ahora sin sábana y sin cuerpo al que dar sostén, y lo enrosqué, atándolo con una cuerda. Luego, me arremangué la camisa hasta la altura de los codos y comencé a escarbar.

A medida que la tierra negra y dura me penetraba en los huecos entre la carne y las uñas, sentí un dolor insoportable, como si se me fueran a despegar de los dedos. Escarbé con más fuerza, ansioso de sentir más dolor. Ya que me había portado como un cobarde, mientras observaba impotente a través de la rendija, justo era que sufriese. Toda la energía que podía haber empleado en intentar evitar que se llevaran a madre, la empleé en escarbar. Me sentía como un asesino por omisión. Hecho un cuatro sobre el terreno húmedo, no había movido un dedo y ahora los movía todos, cavando como si no hubiera suficiente tierra en el suelo para saciar mi hambre de ella, destrozándome las uñas hasta dejármelas en carne viva.

No paré hasta que las manos me sangraron. Me las lavé para limpiarlas de tierra y sangre, y reanudé la tarea. La tierra me impregnaba los dedos, se me metía en el interior de mis uñas, mientras pequeñas piedrecitas se me clavaban en las yemas. Continué cavando hasta que tuve un hoyo lo suficientemente profundo. Entonces, levanté con cuidado el cuerpo amortajado y lo deposité en su tumba.

Cubrirla fue fácil. La tierra apelmazada, que tanto me había costado horadar, estaba, después de haber sido removida, porosa y fragante. En pocos minutos, la tumba quedó cerrada, solo delatada por los límites de la tierra revuelta. Con las palmas de las manos, fui comprimiéndola, asentándola con golpecitos suaves, suficientes para que el piso recuperase su lisura; unos golpecitos firmes, pero cuidadosos, para que no retumbasen en los oídos del bebé ni hicieran temblar su cuna bajo la tierra. Cuando, sudoroso y jadeante, daba mi obra por finalizada, se abrió la puerta de la choza y entró Julio con el sopor del sueño bailándole en los ojos.

—¿Dónde está el bebé? ¿Y madre?

Parado me quedé sin saber qué contestar, las manos convertidas en un calvario hirviente, y Julio vuelta a preguntar, y yo mudo, y él que no paraba. La cabeza amenazaba con estallarme, pero él seguía incansable: «¿Dónde, Matías, dónde?».

Y fue entonces cuando le dije que al bebé se lo habían comido los jabalíes.

Julio abrió los ojos grandes, muy grandes, no había cara en Julio para tanto ojo. Se echó a rodar por el suelo mientras emitía unos gemidos agónicos y, cada vez que iba y venía con su rodadera, aplanaba más el suelo, borraba más los rastros del enterramiento. Su cara se fue tornando morada a fuerza de no respirar, la cabeza golpeaba en su ir y venir enloquecido la pared de madera, la pata de la mesa, la puerta de hierro del fogón, y empecé a temer que la luna aún quisiera cobrarse otra víctima y que esa noche me robase a mi familia entera, uno tras otro.

Así que me agaché, lo detuve y lo apreté abrazado contra mí, la cabeza grandota junto al pecho. Lo dejé llorar y lo consolé bajito, y, al final, se me quedó quieto entre los brazos, su cuerpo temblando pegado al mío.

—¿Y madre?

—No sé, no estaba.

—Pero vino algún hombre de visita. Por eso nos mandó al bosque.

—Ellos se la llevaron.

No me preguntó quiénes eran ellos, ni por qué, como si no necesitase saberlo. Ni siquiera reanudó el llanto.

—Es mejor que te acuestes y duermas lo que queda de noche —dije, porque yo mismo no era capaz de seguir hablando, ni de soportar más tanto agotamiento, tanta mugre, tanta mentira, y me moría por dejarme caer sobre el jergón, aunque no creía que durmiese ni esa ni tantas noches que vendrían después de aquella.

Él asintió, se puso en pie, fue hasta el jergón de madre que yo había enrollado, desató la cuerda, lo extendió en su lugar habitual, pegado a la pared de la izquierda, y mullió los bultos de la borra hasta alisarlos. Yo, que ya me había tumbado sobre el nuestro, miré la improvisada lápida de paja, con las briznas que se escapaban por la esquina descosida, y me pareció que el jergón, a modo de losa, consagraba aquel trozo de tierra como un camposanto olvidado, hurtado a la vista y la memoria.

—¿Qué haces? –le pregunté.

—Preparar la cama, para cuando madre vuelva.

Desde el momento en que se la llevaron, no me cupo duda de que madre estaba muerta. Y aun así, esperaba algo, una especie de confirmación, una sentencia inapelable que blandir ante Julio para arrebatarle la esperanza. Durante el día, él respetaba, sin pedirme explicaciones, mi orden inamovible de que no se podía pisar el lado izquierdo de la choza, el más pegado a la pared, transformado en pasillo intocable, a pesar de que respetar esa consigna era tarea de malabarista debido a la estrechez del espacio. «Por ahí no, Julio», y él asentía obediente y rodeaba la mesa para ganar el fondo de la choza por el lado derecho.

A ratos, Julio sacaba del baúl las escasas prendas de madre, las desdoblaba, las tocaba, rozaba sus mejillas por la tela, hundía la cara en ellas, las volvía a doblar y las guardaba de nuevo. Pero, a la noche, invariablemente, desenrollaba el jergón de madre y lo disponía sobre la zona prohibida. A la mañana siguiente, lo volvía a enrollar y atar de nuevo. Yo lo miraba hacer sin decir nada, porque me parecía que esa espera que no había de tener fin, al menos le proporcionaba consuelo, y bastante necesitados estábamos de que nos consolaran.

Ese otoño y el invierno que le siguió los pasamos como pudimos. Al fin, con la llegada de la primavera, las tablas de la choza se calentaron un poco, al menos durante el día, mientras, fuera, el monte desplegaba colores nuevos. Las flores blancas de los aladiernos comenzaron a asomar entre la hierba, los árboles se vistieron de hojas verdes, los insectos comenzaron a salir de sus refugios y a mudar la piel, y se hicieron frecuentes las bandadas de cigüeñas blancas con las alas desplegadas, recortadas sobre el azul del cielo. Una mañana, al remover con un palo la tierra mojada tras la lluvia nocturna, encontré cerca de la choza la carcasa sin ojos de una culebra.

Julio tuvo que pasarse sin huevos de perdiz, con lo que le gustaban, porque ya habían eclosionado todos los nidos y, cuando trepaba a los árboles, solo encontraba polluelos, cubiertos de plumón, piando y esperando, hambrientos, el regreso de sus padres.

Los neveros de los Montes Pardinos se fundieron, y fueron sustituidos por unas calvas de terreno gris y desolado. El agua del deshielo se precipitaba desde las alturas formando cascadas. En lugar de ir a la poza, nos bañábamos directamente en el agua helada del río, que corría con tanta fuerza que parecía capaz de arrancarte la piel. Un par de ocasiones, el cauce se desbordó y anegó prados, dando vida a regatos y humedales, en los que anidaban durante varias jornadas bandadas de aves migratorias hasta que el sol los secaba y las aves levantaban el vuelo.

Los alrededores de la choza se poblaron de madrigueras de conejos, tantos que a veces tenía que tener cuidado al salir para no pisar algún gazapo. Una de las familias construyó su madriguera bajo los troncos de la choza y, en ocasiones, podía oírlos corretear, roer y olisquear durante las noches, en franca competición con las ratas. Me extrañó que, recelosos como eran, hubiesen venido a construir su refugio tan cerca de una guarida humana, hasta que una mañana vi cómo Julio los alimentaba con hojas verdes y zanahorias hurtadas. Renuncié de inmediato a mi propósito de cazarlos con lazo y llenar con ellos la olla.

Fue durante el invierno que precedió a esa primavera que Julio se aficionó a visitar el cementerio, arrastrándome a mí con él. Trepábamos a lo alto de la tapia de piedra y, desde allí, atisbábamos las tumbas. Creo que mi hermano buscaba una respuesta, un desenlace a la espera, aunque yo intuía que era en vano. Pero lo acompañaba igual, y se nos iban las horas en observar las tumbas y hasta en comentar la calidad de los entierros, el cuidado de las lápidas y las flores que las ornamentaban. Él, preguntándose si alguna de esas tumbas no sería de los nuestros; yo, sabiendo a mi pesar que no lo eran. Quizás fue esa necesidad de respuesta lo que llevó a Julio a convencerse de que madre estaba enterrada bajo las tres piedras del prado del Cabrito.

También esa primavera, volví a la escuela que había abandonado al final del otoño anterior, por mor de la leche en polvo y las galletas. Fuera de lo que sacaba con mis batidas y mis rapiñas por el monte y los huertos abandonados, carecíamos de lo más preciso. Notaba a Julio cada vez más débil. Mi hermano reservaba las fuerzas justas para ocuparse de su camada fiel de conejos y para los paseos que le conducían hasta la tapia del cementerio. El resto del tiempo se lo pasaba tumbado en el jergón, suyo y mío, que ya no se recogía, y que, gracias a ello, acumulaba capas de mugre y polvo. Entre que por un lado de la choza no se podía pisar y entre que por el otro estaba el jergón de Julio, no me quedaba más remedio que trepar sobre las sillas para alcanzar el fogón, aunque para qué, si nada había que cocinar; aparte de que la leña estaba verde y no ardía y, si prendía, llenaba la choza de un humo irrespirable, como el que desprenden los pelos de cochino en los día de matanza.

Mejor se estaba al aire libre, aunque hiciera frío. Preferible vagar por los caminos y aparecer por el pueblo solo de cuando en cuando, a mendigarle alguna sobra a la Pepa, a agradecer las migajas de Carolina, a cerrar los ojos, bajar la cabeza y apretar la espalda contra los muros de las casas, hasta hacerme invisible, cuando me cruzaba con los soldados o los hombres del pueblo. Al pasar por su lado, tenía la sensación de que mi cuerpo entero perdía sustancia, de que la carne y los órganos se me diluían, de que las piedras del pavimento, y la torre de la iglesia, y las paredes encaladas rebosantes de luz, se habían confabulado con mi propio miedo para hacerme desaparecer, para absorberme, para convertirme en poco más que una estela de humo.

Volví, pues, a la escuela, por hambre, para recibir el vaso de leche en polvo y las galletas enmohecidas que la maestra repartía cada mañana a los alumnos, víveres enviados para su reparto en los colegios por unas buenas gentes que vivían muy lejos y que sufrían por los niños que pasaban hambre en un país devastado tras la guerra. Yo podría haberles explicado que cada uno lleva a cuestas su propia guerra y que eso no hay leche en polvo ni galletas que lo remedien. Cuando nadie miraba, me metía un puñado de ellas en el bolsillo del pantalón para aplacarle el hambre a Julio a mi regreso.

La maestra era consciente de mis pequeños hurtos y, a veces, me arrimaba doble ración de galletas a escondidas, y hasta alguna fruta, que dejaba con disimulo en una esquina del pupitre, mientras aprovechaba para rozarme la mano, para subir con dedos temblorosos brazo arriba. Luego, en la choza, yo se lo contaba a Julio, que se partía de la risa al verme imitar los ademanes furtivos de la maestra, sus caricias temblonas.

—Es que la maestra es muy fea —zanjaba Julio, meneando la cabeza, la boca llena de trozos de galleta triturada, el reguero marrón de saliva que se le iba por la comisura abajo.

Sí que era fea, con su giba, su andar inclinado y su ojo bizco que se le iba de paseo por los rincones. Por eso no había conseguido un hombre, por eso no había tenido hijos, por eso me rozaba de vez en cuando la bragueta del pantalón al desgaire; un roce breve, un tanteo que, de puro miedo, no alcanzaba ni a ser ansioso.

—¿Tú crees que la maestra te quiere como hombre?

—Y yo qué sé. Mientras me dé galletas…

No sé si fue por buscar tumbas o por pasar hambre o porque Rusiñol, una vez desaparecida madre, se desentendió de la enfermedad de mi hermano, pero la cabeza de Julio fue llenándose de líquido hasta alcanzar un tamaño descomunal. La piel del cráneo, incapaz de contener tanto volumen, se estiró como una vejiga a punto de romperse, una vejiga surcada por un reguero de venas moradas sobresalientes; más bien parecía un mapa como los de la escuela, con las líneas de los ríos y los arroyos pintadas; y de fondo, una palidez extrema.

Llegó un día en que ya no pudo mantener el equilibrio, y fue incapaz de caminar ni de ponerse en pie siquiera. Se quejaba de dolores que le atravesaban el cerebro y le hacían lanzar auténticos alaridos, y no había hierbas ni cocimientos que lo aliviasen. Dejó de comer. Los rasgos de la cara se le tornaron esqueléticos y la piel, estirada hasta extremos inverosímiles, le impedía gesticular. Apenas hablaba y solo se movía cuando yo, de tanto en cuanto, lo giraba y cambiaba de postura, para que la cabeza no le descansase siempre sobre el mismo lado.

Renuncié a abrir la ventana. Sus ojos no soportaban la luz. Poco a poco, me fue ganando el desaliento, la impotencia ante la inminencia de una nueva pérdida y el no saber qué hacer para evitarla. Dejé de nuevo la escuela para pasar más tiempo a su lado. Por tres veces la maestra pretendió acercarse a la choza, y por tres veces la ahuyenté a voces, sin dejarla ni acercarse a la puerta.

Agotado, decidí que había llegado la hora de pedir ayuda y marché hacia el pueblo, a la casa de Carolina. Ella era de las pocas personas que había sido cariñosa conmigo.

—Ya sabía yo que tarde o temprano te vendrías para acá. No sabes las ganas que tenía de verte.

Le conté de mis temores hacia Julio, de nuestros padecimientos, y ella asentía y me cogía las manos con una de las suyas mientras me pasaba la otra por los pómulos.

—Qué barbaridad, qué delgado te has quedado.

Sentí que el pecho me estallaba, que necesitaba confiarme a alguien. Intenté contarle la desaparición de madre, la muerte del bebé, desahogar con ella el peso que me aplastaba, pero Carolina, con un gesto veloz, me plantó su dedo índice contra mis labios antes de que pudiera acabar la primera frase.

—No es bueno que hables de eso. Lo que pasó, pasó.

«Y además no tiene remedio», pensé. El desaliento volvía a ganarme la partida. Carolina me tomó de la mano y me arrastró hasta la cocina. Sacó un plato con carne y una hogaza de pan. Y mientras, me contaba lo bonita que había quedado la nueva talla de la Virgen del Refugio, sustituta de la que se habían llevado los milicianos, y cómo, en agosto, saldría en procesión, y con ello el pueblo cerraría heridas y volvería la normalidad.

Comí sin prestar atención a su charla hasta que me pareció que el estómago me iba a reventar. Pero, ¡qué arreglaba eso! Al día siguiente, volvería a tener hambre, y al otro, y al otro. Y estaba Julio, que había quedado en la choza, que ni ponerse en pie ya podía, y lo suyo no se arreglaba con comida.

Golpeé con los puños la mesa y hundí la cara entre los brazos. Como si hubiese esperado el momento propicio para hablar, Carolina extendió un brazo y me acarició el pelo.

—Hace tiempo que te esperaba. Tengo algo que proponerte. —Y la alegría le bailaba en la sonrisa y en el brillo de los ojos—. Sabes que no tengo hijos. Hubiese preferido un niño chiquitito al que criar, no te voy a mentir, pero te he tomado afecto, Matías. Mi marido y yo tenemos rentas, tierras. Conmigo no va a faltarte nada. A ti te hace falta una madre y a mí, un hijo. Hasta te daríamos nuestros apellidos.

Por un momento, vi la mano de Dios. Una mano grande, abierta, sin callos, extendida a unos palmos sobre mi cabeza. Julio y yo, viviendo por fin en una casa como Dios manda, con comida en la mesa y ropa que no se cayese a jirones, y un médico para Julio, y un abrigo para cubrirnos cuando hiciese frío. El final de las penurias, de la miseria: la redención.

—¿Quieres, Matías, quieres? Solo con que tú me llames madre, solo con oírme llamar madre…

«¿Por qué no?», pensé. Si era buena, si nos quería, si nos necesitaba como nosotros a ella, ¿por qué no? Alcé la cabeza y la miré a los ojos.

—Madre…

—¡Hijo de mi vida! —Saltó apretándome contra su vientre, y reía y lloraba, y me acariciaba, todo a la vez. Y yo también me sentía a la vez triste y alegre, incómodo y agradecido.

Me hizo poner en pie y me arrastró en volandas escaleras arriba, para enseñarme la que sería mi habitación. No paraba de abrazarme y de decirme que, en cuanto su marido, que estaba de viaje, volviese a la semana siguiente y supiese la nueva, se pondría tan contento como ella.

—¿Cuándo vamos a por Julio? —pregunté.

—A tu hermano le vamos a buscar un médico muy bueno. Seguro que algo se puede hacer por remediarle un poco. Y cuando esté mejor, hay unos sanatorios estupendos para gente como él. Allí va a estar en la gloria.

Me desasí de su abrazo.

—Comprende, Matías. Julio es un problema. Y nosotros vamos a empezar una nueva vida, una vida en la que todo será perfecto.

De golpe, sentí el peso de la traición. No la de ella, sino la que yo mismo acababa de cometer. Madre nunca hubiese apartado a Julio de ella, madre nunca hubiese permitido que lo cuidasen otras manos que no fueran las suyas. Carolina me echó un brazo sobre los hombros.

—Hijo, ya vas a ver cómo va a ser para bien.

Hijo. Y yo la había llamado madre. Y, minutos antes, al sentir su abrazo, me había dejado acunar en su amabilidad, su protección, su vientre, que me había parecido tierno y firme a la vez. Me resonaba en los oídos la palabra hueca: «Hijo». Me giré, lleno de rabia, y, de un empujón, la lancé contra el suelo. Luego, corrí escaleras abajo, mientras la oía llorar y llamarme desde arriba.

Salí a la carrera de la casa de Carolina, corriendo por mitad de la calle con el corazón desbocado. Si en ese momento me hubiese cruzado con alguno de los hombres del pueblo, habría sido capaz de cualquier barbaridad, hasta de matar, sin más armas que mi rabia y mi ira reconcentradas.

Mi único pensamiento era llegar a la choza y comprobar que Julio seguía bien, pero la hermana de la Pepa me salió al paso agitando los brazos y tuve que pararme para no pasarle por encima. Intenté reanudar la carrera, pero ella me retuvo agarrándome de la ropa. No supe reaccionar de otra manera que amenazándola con el puño en alto.

—¿Qué te pasa, chiquillo? ¿Qué tienes contra mí?

—Suéltame, Antonia.

—Soltado estás —dijo ella, apartando las manos de mi ropa—. Solo quería que charlásemos un rato.

Poco a poco, los latidos se me iban serenando, aunque la rabia en el pecho seguía intacta.

—Tú dirás.

—Entra.

La obedecí por pena. Sabía por la Pepa que hacía un mes que se le había muerto el marido y se había quedado sola. El único hijo que había tenido había muerto de chiquillo. Cada año, le decían una misa de difuntos por San Miguel.

—Antonia, tengo prisa…

—Pasa.

Entramos a la sala y me indicó una de las sillas. Ella se acomodó en la de enfrente.

En la casa, desierta, reinaba un silencio plomizo.

—Ya ves —dijo, señalándome con la cabeza el retrato del marido, que colgaba de la pared—. Toda la vida deseándole la muerte a diario y ahora se me comen los remordimientos. Se me fue quedando consumidito, ahí en el sillón. Por más que abro las ventanas, no se va el olor a medicinas y a soledad. Antes, al menos, tenía para quién hacer de comer. Ahora, echo de menos el sentir otra respiración en la casa, aunque fuera la suya.

Me encogí de hombros. ¿Qué más me daba a mí la pesadumbre de la Antonia?

—No te pienses que soy mala. Es que no le perdono que me matase a mi niño.

La Antonia, a base de rumiar, se debía haber vuelto loca. Todo el mundo sabía que a su hijo se lo habían llevado unas fiebres, muchos años atrás. Ella debió leer la extrañeza en mi mirada.

—Como si me lo hubiese matado. Eres el primero al que se lo cuento, y mira que han pasado años. Al principio, estaba loco con su hijo, un varón. Decía que era igualito a él. Nunca fue hombre cariñoso, pero, cuando la preñez, me miraba orgulloso la barriga y hasta alguna vez me posaba la mano sobre el vientre y la dejaba quieta para sentir cómo se movía el niño dentro. Pero, cuando mi niño creció, nos dimos cuenta de que estaba malito, de que era retrasado. Con dos años, todavía no había arrancado a andar. Con cuatro, apenas hablaba. Pero a mí qué más me daba. Yo lo quería igual.

Se oyó el relinchar de un caballo en la calle. La Antonia, que se había quedado perdida en sus recuerdos, dio un respingo y prosiguió:

—Lo encerró en la cuadra y lo dejó allí, abandonado. No me dejó entrar a ocuparme de él ni a alimentarlo. Decía que, si se moría, sería lo mejor para todos, que nunca llegaría a ser un hombre como Dios manda. Yo creo que se sentía avergonzado de que el hijo le hubiese salido así. Le supliqué, le suplicaba cada vez que oía los lloros de mi niño, cada vez más débiles, detrás de la puerta de la cuadra. Hasta que se murió. Él me dijo que no tenía caso criar un hijo así, que tendríamos más, y que los que vinieran saldrían sanos. Pero los años pasaron y no vinieron más hijos —suspiró la Antonia—. Yo creo que el odio que le cogí me secó el vientre.

Durante unos segundos, la sala quedó en silencio, mientras la Antonia se retorcía las manos sin descanso.

—Tenía que haberme enfrentado a él. Tenía que haber echado la puerta de la cuadra abajo a como diese lugar. Ahora no estaría tan sola ni tan seca.

Hice un esfuerzo por imaginarme al hijo de la Antonia, sus ojos sin expresión, su carita berreando de hambre entre la paja de la cuadra.

—Pero no es de eso de lo que te quería hablar. —La Antonia sacudió la cabeza, como para regresar del pasado, a la sala donde yo la escuchaba sin saber muy bien qué pintaba yo allí—. Una cosa te quiero decir, aunque todos los demás callen. Si mi marido estuviera vivo, yo también callaría. Bien sé que iba de noche a la choza, como todos, y, ¿quién me dice a mí que no estaba aquel día en Los Madrigales? Si estuviera vivo, callaría, como callé cuando lo de mi niño, por miedo y por respeto. Pero ya no tengo nada que perder. Ya no me queda nada. El día menos pensado, me voy para el filo de la barranca y me tiro cerro abajo, como hay Dios.

Hizo con los dedos la señal de la cruz, besándolos para sellar su juramento. Por un instante, pareció olvidarse de que yo estaba allí, pero al pronto se rehízo y me cogió del brazo, el torso curvado, hasta que su cara quedó a pocos centímetros de la mía.

—Mi Pepa te diría: «Déjalo estar». Pero yo te digo: ve, busca justicia, cuenta lo que pasó, haz que los culpables paguen. Yo estoy dispuesta a ayudarte, contaré que fueron los del pueblo los que mataron a los guardias, contaré hasta lo de tu madre. Pero no aquí, en el pueblo, aquí nadie te hará justicia. Ve a la ciudad, busca a un juez. Escribiré una declaración y te la firmaré, de puño y letra. No se me da bien escribir porque no tengo costumbre, pero me esmeraré.

Me entraron ganas de reír. ¿Quién me iba a hacer caso, sin más aval que el testimonio de una vieja chiflada y semianalfabeta? El juez me echaría a patadas, y eso con suerte. Denunciar al teniente era una condena segura. Negué con la cabeza, pero ella insistió:

—Me acuerdo de tu madre, ella era de mi quinta. De chicas, jugábamos en la plaza, éramos amigas. Tu madre era... la más bonita del pueblo.

Quedamos en silencio. En el patio, en la habitación de la cuadra, los mulos comenzaron a dar unos golpes sordos. Sentí cómo la mano de Antonia me apretaba fuerte el brazo, como si quisiese horadarme la piel.

—Óyeme. Tu madre no se merecía lo que le pasó. Tienes que hacerle justicia.

A la Blasa la soltaron a los diez meses de meterla presa. Una amnistía, lo llamó el alcalde. Las primeras semanas andaba tranquila, callada, como si los malos tratos recibidos en los meses de encierro la hubiesen acobardado, pero, recobrada la libertad y el ir y venir por las calles, no tardó en volver a las andadas. Poco después de lo de madre, se plantó en la calle donde vivía el tío Paco a la atardecida y empezó a gastar el adoquinado, calle arriba, calle abajo, acompañando sus pasos de un susurro monocorde que, al principio, nadie entendía, pero que fue subiendo de volumen hasta colarse por los postigos ya cerrados, sembrando la inquietud y haciendo palidecer los rostros.

—Digoooo... Así fue. A zoletazos la destrozaron. Y yo sé dónde arrojaron los pedazos.

El Bigotes, que vivía en la misma calle, abrió de un manotazo una ventana y se la quedó mirando desde lo alto.

—¿Qué andas murmurando?

—¡Shssss! —La Blasa se llevó un dedo a los labios, riéndose, mientras con la otra mano se sujetaba el vientre. Al ver que al Bigotes se le descomponía el semblante, empezó a lanzarle cortes de manga al tiempo que, caminando de espaldas, se alejaba camino de la plaza. Con las primeras luces del alba, la descubrieron ahogada en el pilón del lavadero.

Los gritos de dolor de Julio me taladraban los oídos. Cuando paraba, vencido por el sueño, me escapaba a los huertos a robar fruta. Ya no confiaba en nadie, ni quería mendigar la caridad ajena. La ayuda que nos llegase, que viniese de nuestra propia mano. Al menos ese último gesto de dignidad se lo debía a Julio.

A la vuelta de mis excursiones en busca de comida, solía encontrármelo dormido. Llegó un momento en que pasaba adormecido la mayor parte del tiempo o, al menos, inmóvil y con los ojos cerrados. En silencio, cuidando de no hacer ruido, le dejaba al lado del jergón lo poco que había podido conseguir y me sentaba junto a él, abrazándome las piernas con las manos, a esperar a que abriese los ojos. Cuando despertaba, le balanceaba delante de la cara una manzana y los rayos de sol que se colaban por el ventanuco hacían brillar la piel del fruto, verde, lustrosa; no en vano me había pasado horas frotándola con el dorso de la manga para quitarle el polvo.

El pobre Julio abría los ojos y hacía un esfuerzo por medio sonreír, pestañeando al centelleo de la piel verde y moteada, aunque sus labios lívidos, estirados hasta el límite, convertían la sonrisa en rictus. Luego me susurraba: «No tengo hambre», y retomaba los alaridos en cuanto el dolor volvía a taladrarle la cabeza.

Julio estaba ya del otro lado, en un territorio extraño donde nada importaba, incluido el hambre. Si la tenía, se la borraba el dolor. Y así íbamos pasando los días: él, sin comer, las mejillas hundidas, los ojos enormes, enfebrecidos, las venas de la cabeza cada vez más marcadas, la piel cada vez más estirada, la boca que ya no se abría de pura debilidad, como no fuese para lanzar unos gritos que ya ni sonaban a gritos, que no pasaban de un sonido gutural, cada vez más tenue; o para gimotear unos monosílabos sin sentido en los que yo reconocía sus llamadas a madre y al bebé. Por muy duro que me fuese oírlos, anhelaba esos sonidos que me atestiguaban que seguía vivo.

Hasta que una mañana sus ojos se abrieron de golpe, rodaron en las cuencas como canicas y se fijaron en mí, que lo acechaba sentado en un taburete. Arqueó el torso, como si quisiera despegarse del jergón y amagó una convulsión. Sus labios se entreabrieron, sin dejar de mirarme, pero no dijo nada. Su cuerpo volvió a caer, fulminado, sobre el jergón. Cuando me acerqué, noté que su pecho no se movía. Había dejado de respirar. Lo zarandeé, cogiéndolo entre mis brazos, pero la convulsión final le había dejado los brazos agarrotados y las manos crispadas, rígidas, como si pretendiese agarrar algo en el aire, y, por mucho que intenté colocárselas pegadas al cuerpo, no pude volverlas a su lugar.

Me senté a su lado y lloré. Lloré por todos los motivos acumulados y arrinconados hasta entonces para ahuyentar el llanto. Lloré por mi padre desconocido, por mi madre mancillada, por la pobreza, por el abandono, por el frío, por el hambre. Lloré por mi hermano enfermo, por su cabeza hinchada y sus piernas raquíticas. Lloré por el bebé muerto. Lloré por la pérdida de madre, por su muerte y por su vida.

Pasé una semana encerrado en la choza con el cadáver de Julio a mi lado, hasta que empezaron a salirle unas pompas que comenzaron a supurar, y mis brazos no tenían descanso en apartar al enjambre de moscas que se le arremolinaban encima. Moscas diminutas que eran parte de Julio, excretadas por su propia carne. El hedor era irrespirable. Julio no se merecía esa degradación. Tenía que despedirle y separarme de él.

Por aquel entonces, ya me había procurado una pala. Cavé una pequeña tumba, justo al lado de donde había enterrado al bebé. A cada paletada, me reía, pensando en lo feliz que iba a estar Julio, toda la eternidad con el bebé pegado a él. Para jugar, para enseñarle a hablar, para hacerle carantoñas, sin nadie que pudiera separarlos o burlarse de ellos. Los dos dormidos, juntos para siempre, sin preocuparse del hambre ni del frío.

Después del entierro, abrí puerta y ventana. El verano ya se había asentado. Al cabo de unas horas de correr la brisa, el interior de la choza perdió el hedor a cadáver y se fue caldeando con un aire nítido, limpio. El olor a hierba agostada y fruta madura reemplazó a la podredumbre de la muerte. No cerré la ventana al llegar la noche. Me adormecí al cri-cri de los grillos y las chicharras. Lo último que sentí, antes de caer dormido, fue un aroma lejano a madreselva y, ni una sola vez durante toda la noche, oí gruñir a los jabalíes.

Una noche —habría transcurrido un mes desde de la muerte de Julio— desperté con un chisporroteo metido en los oídos. De la choza no podía venir. No había encendido el fogón ni una sola vez en el último mes. Sin embargo, en el silencio y la oscuridad de la noche, era inconfundible la crepitación y el olor, aún lejano, a madera quemada.

Me desperecé de un salto y salí de la choza. Bajo las copas de los árboles, caminé colina arriba, hasta la loma pelada que marcaba el fin del bosque y el inicio de los prados. Soplaba una brisa rápida y constante. Tan familiares me eran aquellos parajes que hubiera podido caminar a ciegas, pero la noche estaba inusualmente clara, bañada por una luz intensa. Miré hacia lo alto, por encima de las ramas, en busca de la luna llena, pero, para mi asombro, la luna de esa noche no era más que una tajadita tímida en cuarto menguante.

Al llegar a lo alto de la colina, el viento me golpeó la cara, un viento caliente que quemaba la piel. La luz que colmaba el cielo no era blanca, sino rojiza. La sierra estaba en llamas.

Por debajo de las cimas, las llamas anaranjadas lamían la falda de la sierra, inundando con su resplandor la noche sin luna. El viento soplaba desatado ladera abajo, en dirección a la pradera. El fuego, alimentado por la hierba seca y las ramas quebradas por el calor del verano, avanzaba inexorable, como una hilera azafranada de soldados en formación.

Aún quedaba lejos el pueblo, pero, si el viento no cambiaba, el fuego alcanzaría en una hora las primeras casas, ajenas a la catástrofe que se cernía sobre ellas. De la pradera, las llamas pasarían a los huertos y, después de tragárselos, remontarían la loma para cebarse en el caserío indefenso, cercado del otro lado por los límites de la quebrada que dificultaría la huida, una vez que los del pueblo saltaran asustados de la cama, asfixiados por el humo, impotentes y aterrados.

Calculé la trayectoria y la velocidad del viento. Si atajaba corriendo por el sotobosque, me bastarían quince minutos para llegar al pueblo, algunos más para trepar al campanario, voltear las campanas a rebato y hacer salir de sus casas a los lugareños. Les daría tiempo a bajar, rodear el cerro, sortear la quebrada, ganar a la carrera los kilómetros que les separaban de la marisma. Y se salvarían.

Eché a correr en dirección contraria. El aire temblaba, formando unas ondas trémulas, estremecidas, que distorsionaban la vista y abrasaban. Me precipité hacia la vaguada y, de una zambullida, me sumergí en el agua de la poza, que aún tenía al menos dos metros de profundidad. Saqué la cabeza del agua. El aire, ardiente, me la secó de inmediato. El fuego, ya muy próximo, iluminaba la noche como un mediodía de verano. La luz intensa definía contornos y volvía nítidas las formas.

Las primeras llamas llegaron a la poza, dubitativas, indecisas, buscando la manera de salvar la masa de agua. Alzadas como una pared vertical, husmearon por dónde seguir expandiéndose. Pero ya las que venían detrás empujaban a las primeras que tanteaban, apremiadas, el terreno, acorraladas en busca de una vía de salida. Chisporroteando, temblorosas, exploraron la tierra hasta encontrar unos rastrojos. Reanimadas por las cañas y los residuos secos, se lanzaron furibundas, senda abajo, camino del pueblo. Resoplando en el agua, braceando para mantenerme a flote a pocos metros del fuego, sentía la piel enrojecida y cómo se me abrían en la cara unas llagas abrasadoras que picaban.

Volví a sumergirme. Cuando saqué de nuevo la cabeza, vi alejarse las llamas, prendidas ya en las copas de los árboles, avivadas por el viento en dirección al pueblo, que seguía dormido e inerte, a lo lejos. Salí chorreando agua y desanduve el camino de regreso a la colina, sorteando las calvas humeantes. Al llegar a la cima, pude ver, a lo lejos, cómo el fuego lamía las primeras casas.

Al fin y al cabo, el pueblo entero estaba maldito, bien lo sabía yo desde la noche en que se llevaron a madre. Sus calles, adoquinadas con mezquindad, sus muros argamasados con cobardía. Los ojos se me llenaron de lágrimas ardientes, mientras mi lengua batallaba con el regusto a agrio.

Al amanecer, el pueblo, visto desde la colina, era un amasijo de paredes ennegrecidas, de entre las que se elevaban, hacia el azul del cielo despejado, ardientes columnas de humo gris y oscuro. Apenas resistía alguna llama rebelde, demorada aquí y allá, cebándose en la madera leñosa de algún árbol, perseverante junto a la esquina de un muro, remisa a consumirse.

A lo lejos, muy a lo lejos, sobre la marisma, se veían unos puntitos moviéndose, pequeñas figuras diseminadas como polen al viento. Había, pues, supervivientes, aunque pocos. Pero el pueblo había quedado borrado de la faz de la Tierra.

Durante unos segundos, estuve tentado de bajar hasta las ruinas, de recorrer los escombros, de adivinar quién era quién entre los cuerpos calcinados que, sin duda, encontraría. Pero durante esa noche me había ganado una paz extraña. Mis muertos, al menos los cadáveres de mis hermanos, habían quedado a resguardo bajo el suelo apisonado de la choza. De los despojos de madre, no tenía esperanzas de conocer el paradero. Pero, cumplida su maldición, también ella descansaría en paz.

En ese momento, sentí un revuelo por encima de mi cabeza, un alboroto repentino, y, al levantar la vista, vi decenas, cientos de pájaros de distintas especies volando en círculo, agolpándose en el cielo. Ejecutaban una danza sombría, al tiempo que entrechocaban las alas y, en el silencio de la colina desolada, pude oír con claridad cómo lanzaban un sonido semejante a un gemido, a un llanto agónico, desesperanzado y sin consuelo.

Volví a la choza para despedirme de Julio. Ya no me quedaba más por hacer. Comí sin ganas un trozo de queso rancio, cogí un zurrón, metí en él cuanto creí que podía serme útil y me dispuse a marchar. Antes de abandonar la choza, me tumbé sobre el trozo de suelo prohibido, con la cara y las palmas de las manos pegadas a la tierra, y fue como fusionarme con ella, como si mi piel horadase la fosa. Sentí el roce de la cabeza hinchada de Julio y agité las manos para hacerle cosquillas hasta que en mis oídos resonó su risa. Una risa como si se le fuera a descomponer el esqueleto.

Besé la tierra de nuestro particular camposanto. Pequeños granos de arena se me quedaron adheridos a los labios. Lamí los granos, los mastiqué; tragué con gusto aquella tierra que me pertenecía, que formaba parte de mí. Me costó ponerme en pie. Con la manga de la camisa, me sequé los ojos humedecidos. Dejé la puerta de la choza cerrada al salir. Cuando llegué a la colina, eché un último vistazo hacia los humeantes escombros del pueblo, desahuciado sobre la peña. De pronto, sentí que solo había una cosa en ese momento que necesitase de verdad hacer, y era correr.

Y todavía corro, Julio. Todavía corro.

Agradecimientos

Ya vamos por la segunda novela y no puedo estar más agradecida. Que me hayan publicado dos novelas, y que ambas hayan sido merecedoras de sendos premios literarios, ha sido todo un regalo que me ha hecho la vida en el último año.

En primer lugar, gracias al Centro de Iniciativas Culturales de la Universidad de Sevilla por haberme concedido el galardón del XXIX Certamen de Letras Hispánicas Rafael de Cózar en la modalidad de novela, un premio con solera, que despierta además mucha simpatía por el recuerdo que dejó en tanta gente la persona cuyo nombre ostenta.

Mis más fervientes gracias a mis lectores que son, para mí, la figura más importante del proceso de creación literaria. Espero que disfruten leyendo esta novela tanto como yo lo hice escribiéndola.

Gracias a Mamen de Zulueta, mi mentora y amiga, y una de las primeras personas que leyó el borrador inicial de esta obra; a mis compañeros de la tertulia La Literata, por su apoyo, sostén y estímulo constante a lo largo de años; y a David González Romero, de la editorial El Paseo, por su dedicación y profesionalidad.

Como de costumbre, advierto que el lugar, la historia y los personajes que tenéis entre las manos son enteramente fruto de mi imaginación de escritora. Se trata de un relato duro, pero no más que muchas de las realidades que acechan al ser humano.

Y gracias, siempre, a mi familia, por soportarme y por estar ahí.

Para terminar, y como ya hice con mi primera novela, os pido que, si os ha gustado *El llanto de los pájaros*, la recomendéis a amigos y conocidos, y en vuestras redes sociales. El boca a oreja es mucho más importante para un escritor de lo que pensáis, y nos ayuda a lograr nuestra máximo objetivo, que es que nuestra historia llegue al mayor número de lectores posible.

El llanto de los pájaros, de Isabel Álvarez,
ganadora del XXIX Premio de Novela
Universidad de Sevilla,
se terminó de imprimir
para EL PASEO EDITORIAL
en el mes de abril de 2024.